A Carol,
che ci segue con pazienza,
con molta stima e amicizia
Maria Teresa Babanicas

Maria Teresa Babanicas

Là, dove in mezzo scorre il fiume

Aliberti editore

Sede legale:
Piazza del Popolo, 18 00187 Roma
Tel. 06 36712863

Sede operativa:
Via Meuccio Ruini, 74 42100 Reggio Emilia
Tel. 0522 272494 - Fax 0522 272250 - Ufficio Stampa 329 4293200

Aliberti sul web:
www.alibertieditore.it
www.alibertistudi.it
www.myspace.com/editorealiberti
www.myspace.com/alibertistudi
www.blogaliberti.it

info@alibertieditore.it

Prefazione

India, Londra, Edimburgo, New York. Un uomo misterioso e forse un talismano: un viaggio alla ricerca del senso. Eppure la vera bellezza del romanzo non è il peso del mondo, ma il calore luminoso dell'intimità. La filigrana di questa scrittura è una musica distante, è la traccia lenta e sottile di chi resta con sé e vive la vita: di chi, mentre racconta, si prende per mano e sogna lungo i passi di un ballo stretto stretto alla propria anima. *Là, dove in mezzo scorre il fiume* promette al lettore che la sua storia non sarà insignificante, né futile. Perché, in realtà, vuole essere la vicenda di tutti: di ciascuno di noi smarrito nel mondo. Potremmo vivere senza passioni e amore? E di più: potremmo vivere senza la fede, sebbene questa non tolga un'oncia ai nostri dubbi terreni, sebbene le passioni, proprio loro, siano le cause della bellezza e insieme della sottile estraneità con cui accettiamo l'esistenza?

Maria Teresa Ronca Babanicas intreccia nelle guaine delle domande le risposte: lascia che le une e le altre, quasi confondendosi, diventino il corpo di questo romanzo, siano lo spirito della sua struggente ricerca. Il libro, la sua musica lontana non la perde mai: è quella il suo primo fascino. È vero «ognuno di noi sa che non esistono parole in grado di descrivere l'esperienza e il mistero dell'amore». E questo significa che alla lingua della poesia saranno concesse solo immagini, intuizioni, assonanze. O forse di più: un'antica cantilena dimenticata che pulsa ancora dentro le parole. Ma sì, in questo romanzo tutte le promesse sono state mantenute. La scrittrice, alla fine, ci ha regalato ciò di cui avevamo più bisogno: il profumo, la pelle, il rossore, appunto il sogno infinito della vita. Che flutta coi suoi dubbi, con la sua forte fede, con la luce nera e sfolgorante dell'amore.

Arnaldo Colasanti

Introduzione

L'atto di scrivere è scoprire quello che si pensa, è un bisogno dello spirito, è una liberazione.

Dice Gesù: «Se porti alla luce ciò che è dentro di te, ciò che è dentro di te ti salverà. Se non porti alla luce ciò che è dentro di te, ciò che non porti alla luce ti distruggerà».

La verità è stata scritta circa 2.500 anni avanti Cristo in un libro di un sacerdote, saggio e alto dignitario dell'Antico Egitto, che raccolse tutta la saggezza accumulata nel corso dei suoi centodieci anni di vita, una saggezza che è tutta nel motto: «Segui il tuo cuore». È alla base delle religioni che il sé individuale sia in un microcosmo e che sia la via per giungere all'universalità della mente divina. Tutta la sapienza indiana è racchiusa nelle parole «la verità è dentro di noi». Vale a dire che la grande verità che si trova nel cuore dell'universo è riflessa nelle mille profondità del sé. Quindi lottiamo in questa eterna ricerca dell'assoluto e del vero attraverso la conoscenza di noi stessi!

Dice il guru: «La passione più grande è l'amore. Esso, come un'improvvisa folata di vento può attraversare il pomeriggio della nostra vita, travolgendo tutto ciò che credevamo ormai statico e immutabile. Esiste dentro di noi una disponibilità profonda, che attende da tempo il momento opportuno per esprimersi, perché la passione, mentre ci estranea dalla nostra vita, nel contempo ci fa sentire vivi e spontanei come non mai, come se ci consegnasse in uno scrigno sigillato la nostra verità.

Chi non ha mai sperimentato questo turbamento della mente e del cuore è rimasto sì al riparo dalla sofferenza ma, in un certo senso, ha vissuto a metà!»

«La passione non è una malattia, ma un'esperienza impareggiabile, da vivere sino in fondo, cogliendone la capacità di arricchire la sensibilità, i pensieri e gli affetti. Chi non s'è veramente misurato con se stesso, non si conosce davvero, non sa quanto vale nel bene e nel male. Ma, bisogna sapere che il fuoco della passione più sfrenata è destinata a spegnersi se non possiede il sentimento di un progetto. Perciò è necessario un patrimonio di intelligenza e di ironia per saperne fare buon uso, prima che si inauguri l'autunno, un'altra bella stagione della nostra vita, che i ricordi possono gradevolmente ravvivare!»

Maria Teresa Babanicas

A coloro che più contano nella mia vita.

Là, dove in mezzo scorre il fiume

Capitolo primo

Mia cara Elizabeth,

per tanti anni ci siamo scambiate molte lettere, un'amicizia in cui c'è stato sempre il desiderio di sapere cosa stesse facendo l'altra, per comunicarci gioia, scoperte, emozioni!

Ma mai, mai prima d'ora, ho pensato di mettere assieme per filo e per segno, ogni pezzo del mosaico della mia vita, intricata e avventurosa, così piena di tormenti e, infine, di altrettanta gioia infinita.

Mi manca la tua intelligenza, mi manca la tua sensibilità, mi manca il tuo aiuto. E perciò, a ragion veduta, devo raccontarti tanto della mia vita tormentata e complicatissima.

Potrei cominciare col dirti:

C'era una volta… una bambina che abitava nel cuore di Londra in una grande, immensa casa, quasi un castello, dove la vita era piacevole e spensierata … ma, poi, un giorno, la bambina stava per diventare grande quando scoprì un mondo diverso … È come una favola la mia vita!

Vivo a due passi da Londra, in questa splendida città cosmopolita, dal verde tenero degli alberi e dall'aria fresca e stimolante. Provo una passione carnale per

Londra. Non riesco a starne lontana troppo a lungo, non solo perché è bella, ma anche perché ho ricordi così forti che non voglio dimenticare. Qui ritrovo il gusto delle cose semplici e da qui viene la mia passione per i cavalli che, prima, sostituivo al genitore che non avevo, con la sua presenza simbolica e imponente.

Mentre ti scrivo, qui siamo sul finire dell'estate alle prime brezze dell'autunno. Il sole non batte già più sulla mia finestra quando mi sveglio, ma lentamente arriva verso le otto.

Ora mi colpisce di più l'alternarsi della marea, in lontananza, e quando l'acqua si ritira dagli acquitrini e appare la sabbia, sembra alla mia pazza fantasia, mentre sto qui sdraiata, che anch'io mi allontani col riflusso, e tutti i miei vecchi sogni nascosti che credevo sepolti per sempre rimangono nudi, scoperti al giorno, proprio come le conchiglie e le pietre sulla sabbia.

Questo strisciare verso il passato mi dà uno strano, gioioso sentimento. Non soffro più per tutte le difficoltà e i dolori affrontati nella mia giovinezza. Sono ora nell'età di mezzo. Mi sento felice e orgogliosa.

Spesso, sai, la mattina cammino molto.

E, un giorno, non distante da qui, mi misi a leggere e improvvisamente venni colpita con forza inaudita da una rivelazione … L'avevo persa, e adesso, era tornata.

Eccola, la radura perduta, ritrovata, e ora riconosciuta, per sempre. Accanto, un anfratto in cui sedere, tra le radici di un grande albero sulla riva del fiume.

Ho ritrovato quello che avevo perso durante i mille viaggi e peregrinazioni per il mondo, nella giungla sudamericana e nel deserto indiano: il mio equilibrio di vita. Feci scorrere le mani sulle grosse radici che mi sorreggevano come una poltrona e cominciai ad accarezzare l'idea di ritornarci sempre, per poterci scrivere tutta la mia vita.

Da bambina, ricordo di aver vissuto un'esperienza quasi mistica. Impegnata in un'escursione nei boschi, ero rimasta indietro, da sola, quando all'improvviso scoprii una bellissima radura con un abete da una parte e al centro una collinetta coperta di muschio di un verde luminoso. Il luogo era avvolto nella luce del sole pomeridiano, in contrasto con l'oscurità della foresta, che si trovava alle mie spalle.

Era un luogo magico e sacro! L'intera scena aveva una sua completezza, una qualità così intensa, che subito mi arrestai. Sentii svanire, mia Elizabeth, l'ansia che aveva fino ad allora oppresso la mia vita. Finalmente un posto in cui le cose erano come avrebbero dovuto essere. Attorno a me, sopra di me e sotto i miei piedi, ogni cosa era giusta, perfetta, armoniosamente inserita nel ciclo di nascita, crescita, morte e rinascita senza fratture, nell'assoluto ordine naturale.

Allora mi distesi a terra con la guancia sul muschio, promettendo a me stessa che ogni notte, per tutta la vita, avrei visualizzato quel posto magico prima di andare a dormire.

Sapevo già, a dodici anni, che la confusione di valori di cui erano responsabili genitori, insegnanti, bambini, governanti, si sarebbe solo aggravata col passare degli anni.

Crescendo, avrei conosciuto solo nuove complicazioni, mi sarei dibattuta in intrighi sempre più impenetrabili su ciò che è bene o male, desiderabile o indesiderabile.

Avevo già visto abbastanza per possedere questa consapevolezza.

Ma se avessi serbato il ricordo della radura dentro di

me, pensavo, non mi sarei persa. E fu così, Elizabeth.

Serbai la reminiscenza di questa immagine di completezza e di perfezione per molto tempo. Tuttavia con l'adolescenza il ricordo cominciò a svanire. Successivamente, dopo la triste vicenda della morte di mio padre, o meglio di colui che io credevo tale, la lunga malattia della mamma, ricoverata in una clinica, e il distacco dal mio fratellino, lasciai il college e venni in Italia, come sai. Ma nel dolore i miei pensieri apparivano confusi e, poiché rivolgermi a mio zio era un'esperienza che finiva sempre col ferirmi, sentii che dovevo impegnarmi in uno sforzo gigantesco per rimettermi in piedi da sola. Era come se tutto ciò che avrei dovuto desiderare stesse perdendo importanza: scrivere per i giornali di moda, intraprendere una carriera da attrice di teatro, proseguire gli studi.

Nella cabina della nave diretta in Italia, mi misi a piangere, atterrita dall'idea di aver gettato via tutto quanto era il mio mondo per la speranza di qualcosa che non aveva nome...

Capii che la natura aveva una grande influenza su di me, perché la natura e l'artificio non sono compatibili fra di loro.

In altri termini, creare un rapporto di intimità, di relazione tra me e la natura per far coincidere l'immagine di essa con quella del mio sé più profondo, nello sforzo di conoscere intimamente la vita e l'amore.

Il legame con quest'ultima ha costituito l'unico modo di ritagliarmi uno spazio proprio fin da bambina. Compivo lunghe passeggiate, camminavo lungo i campi, oppure sedevo sotto un albero, leggendo o scrivendo poesie.

E oggi, Elizabeth, qui a Londra trovo la possibilità di ritirarmi in piena tranquillità per scrivere e recuperare le energie.

Continuo a lavorare meglio e a sentirmi felice quando siedo o sotto il verde o in un angolo della mia casa, confortata dal pensiero che, fuori dalla porta, posso trovare tutte le opportunità che riserva una grande città.

Ora sono una donna che si sveglia ogni mattina, solitamente di buon'ora, circondata dalle attenzioni di suo marito.

C'è il desiderio ardente di due persone di stare insieme intensamente, la fusione e il superamento di ogni limite nei momenti di unione. La nostra storia è quasi un'ossessione, attraversata dalla sensazione di durare per sempre. L'intesa sensuale e spirituale è, come dire, toccante per la fantasia e la tenerezza che ci uniscono, per cui io credo che stare insieme significhi per noi sentirci a un tempo liberi come in solitudine e felici come in compagnia.

So che Raj mi è vicino con un amore incondizionato e una lealtà assoluta e sa che lo sono anch'io. Nessuno dei due riesce a immaginare l'idea di invecchiare senza l'altro.

Con un po' di fortuna, e salute permettendo, questo non succederà.

E seguendo il sentimento di amore per noi stessi e per gli altri, esso ci condurrà alla scoperta di molti nuovi significati.

Posso affermare che più profonda è la ferita ricevuta e più necessario diventa l'appoggio di una figura che ci comprenda e ci guidi lungo il cammino. Ma lo scopo della vita non consiste unicamente nella cicatrizzazione delle ferite, è altrettanto importante il recupero della parte più profonda e autentica di noi stessi con tutta la sua spontaneità, la sua gioia e la sua creatività. La cosa che più conta è stabilire un contatto tra passato e presente e la fiducia in un futuro che saprà redimere il passato. Cara Lizzie, sognando, sognando rimaniamo giovani. Ma non con i sogni che ci colgono nel sonno, confusi e indecifrabili di un viaggio quotidiano nell'oscurità.

Sono, invece, i sogni a occhi aperti che ci aiutano a vivere.

Il mondo, allora, si colora di nostri desideri, velati dalla malinconia per qualcosa che appare tanto arduo da raggiungere o pervasi dalla gioia che esalta l'anima. Senza la tensione delle passioni la vita si spegne nella rassegnazione, spesso nell'indifferenza. La cosa più bella da insegnare ai bambini è imparare a sognare a occhi aperti, a credere in quei sogni non come sciocche chimere, ma come reali possibilità da realizzare. E perché ciò accada, bisogna avere il coraggio delle proprie passioni, il coraggio dei propri sogni. Allora diventa un impegno per la sua realizzazione, che dimostra la nostra eticità e il nostro stile per ritrovare il significato dell'esistenza e un frammento di verità della vita.

Capitolo secondo

Un treno correva precipitosamente verso la Scozia.

Era il mese di luglio e faceva un caldo insopportabile.

Sembrava che nessuno facesse attenzione ai meravigliosi paesaggi che sfilavano continuamente davanti ai finestrini.

«Il treno si è mosso» disse Henry «e grazie al cielo abbiamo lo scompartimento tutto per noi e possiamo parlare».

Gimmy non rispose all'amico, perché proprio mentre il treno si mise in movimento, lo sportello si aprì, e una ragazza con una signora furono spinte dentro da qualcuno che le aveva accompagnate e, salutandole velocemente, era rimasto giù.

La signora, bella ed elegante, sembrava essere in lutto.

Gettò indietro un largo velo, che le scendeva dal cappello, e in questo movimento le sfuggirono dei riccioli biondi come quelli della ragazza. Sembrava molto stanca e malata.

Si vedeva che aveva pianto, i suoi occhi un po' gonfi, le guance ardenti, il viso sofferente e magro, le labbra arse dal gran caldo, mostravano quanto la bella signora dovesse soffrire.

Prima che il treno aumentasse la velocità, tutto era già a posto e sistemato e Henry nel suo cantuccio cominciò a leggere una rivista. Ma fingeva. Gli serviva da paravento dietro al quale osservava le due donne.

Henry guardava la ragazza e, da scapolo quale era, aveva il diritto di interessarsi a tutti i bei visini che incontrava, specialmente quando la proprietaria del bel visino gli era stata quasi buttata tra le braccia dalla spinta dell'uomo che l'accompagnava e dallo spostamento del treno. Non che perdesse molto tempo nella contemplazione di quel genere che ha l'abitudine di incipriarsi il viso: girava il mondo e aveva agio di conoscere e studiare donne di tutte le età. Tale curiosità non era sempre a loro vantaggio, perché Henry aveva avuto troppe occasioni di vedere il lato egoistico, sordido e brutto della natura umana, per conservare troppe illusioni! Ma, guardando la ragazza che gli sedeva di fronte, gli parve diversa dalle molte donne che aveva incontrato.

Certamente era giovane, forse aveva vent'anni. Certamente era bella. Aveva degli occhi verdi che delle ciglia lunghissime mettevano in risalto, una bocca ben disegnata e la pelle bianchissima. Ma quello che più gli piacque, furono le due graziose fossette che le abbellivano le guance. Di fossette ne aveva viste tante! In alcune ragazze sono segni permanenti, in altre appaiono e spariscono a piacimento, contribuendo così ad accrescerne il fascino. Ma lei sembrava non accorgersi nemmeno, di averle. Il treno, intanto, aveva sorpassato i grandi sobborghi di Londra, e ora correva attraverso l'aperta campagna, bellissima nella dolce luce di quella afosa sera di luglio.

La ragazza volgeva di tanto in tanto il suo viso verso

il volto scarno della madre e, abbracciandola, le domandava a voce bassa: «Ti fa ancora male la testa?»

«Sì» rispondeva la signora, passando con amore la mano sui capelli della figlia. A un certo punto il suo viso si rabbuiò, gli occhi assunsero un'espressione di tristezza. La donna sembrava assorta in pensieri lontani e sicuramente molto dolorosi.

Alla ragazza non sfuggì lo stato d'animo sofferente della madre e, quasi senza volerlo, si rivide bambina, a circa otto anni, con un vestitino semplice di batista bianca, una larga cintura nera e un cappello di paglia nera a larghe falde. Le sue gambette ben modellate e snelle erano strette in lunghe calze di cotone traforate e calzate da scarpette di leggera pelle lucida. Il suo piccolo viso era dolcissimo: le gote avevano il colore di una mela rossa e le ciglia riflettevano un'ombra scura nei suoi occhi verdi; lunghi capelli di un biondo dorato le scendevano sulle spalle e coprivano quasi il fiocco della cintura.

Era, ugualmente, luglio e il treno si stava fermando alla medesima piccola stazione vicina al fiume! La piccola si allontanò pochi minuti dallo scompartimento del treno in compagnia della mamma, lasciando il papà seduto che dormicchiava. Pochi minuti, ma fatali. Perché, quando rientrò, i suoi occhi di bambina videro uno spettacolo che non avrebbero mai dimenticato, una scena orribile: suo padre, che aveva lasciato sano e sereno poco prima, era raggomitolato in un angolo con la testa china e le braccia abbandonate lungo il corpo.

La giacca era aperta e il sangue scorreva a fiotti da una grande ferita alla testa, sotto la tempia sinistra. Era morto, e lo sportello aperto dello scompartimento oscillava, mosso dal vento.

Il capotreno fermò la bimba e la madre che stavano per entrare.

«Non entrate» disse rapidamente.

«Cos'è accaduto?» chiese la piccola «papà si sente male?»

Respinse il braccio che tentava di fermarla ed entrò nello scompartimento. Corse vicino al padre, poi vide il sangue, la ferita spaventosa, e con un grido cadde al suolo svenuta.

I viaggiatori si affollarono nel corridoio, chiedendo cosa fosse accaduto. Lungo il treno altre persone si affacciavano al finestrino per conoscere il motivo della fermata. Rapidamente si era sparsa la voce che un uomo era stato trovato morto, e tutti erano agitati e costernati. Il capotreno scese e corse verso il macchinista, i due uomini si affacciarono alla siepe che costeggiava i binari. Non videro nessuno. Calava la sera e i loro sguardi non potevano spingersi lontano.

Scambiarono qualche parola e risalirono in treno.

Se si fossero fermati troppo a lungo, avrebbero corso il rischio di causare una catastrofe peggiore.

Poi il treno riprese la corsa velocemente, per riacquistare il tempo perduto.

Per fortuna c'era sul treno un infermiere che si offrì di soccorrere la signora, in evidente stato di shock.

Per l'uomo ogni aiuto era ormai inutile!

La piccola Chris, invece, ripresasi, ripeteva a mezza voce: «Signore, fa che il mio caro papà domattina sia guarito e che possiamo continuare il viaggio domani stesso».

Quella bambina ero io, Christine.

E a richiamarmi dalla mia profonda tristezza fu Henry che, rotto il ghiaccio, cominciò a parlare di vari argomenti. Mi chiese se mi fossi fermata a lungo in Scozia, mi consigliò alcuni luoghi da visitare, enumerandomene alcuni di notoria bellezza.

Mentre chiacchieravamo, comparve un uomo dall'uniforme turchina, che disse: «Vagone ristorante, il pranzo è servito».

«Vai a mangiare, Chris» disse mia madre «abbiamo molte ore di viaggio ancora!»

«L'accompagno io, se permette» disse il giovane.

E ci avviammo al ristorante.

Ero tornata nuovamente serena e Henry notò che i miei occhi verdi erano ridenti.

«Come ti chiami?» mi chiese.

«Christine» risposi «ma per gli amici sono Chrissie».

«Ti chiamerò Chrissie anch'io».

«Henry Ford» e mi tese la mano.

«Voglio rivederti, quando tornerai a Londra. Prometti?»

«Promesso» risposi.

«La mia mamma è molto malata, la sto accompagnando in Scozia, in una casa di cura psichiatrica, dove è ricoverata e da dove, di tanto in tanto, ritorna a casa per brevi periodi. Io non sono una ragazza come le altre» continuai «la mia vita è stata segnata da profonde crepe. Sono stata affidata, sin dall'infanzia, a un'altra famiglia da mia madre che soffriva di gravi turbe psichiche a causa della strana morte di mio padre. Mi sono sentita trascurata a tal punto che da ragazzina ero convinta di essere invisibile. Quando mia madre venne internata in una casa di cura per malattie mentali, ho vissuto nella casa del mio prozio a Londra e, in estate, mi mandavano in Cornovaglia da una famiglia amica, che si prendeva cura di me».

Presi fiato e continuai: «Si è andata determinando in me una profonda scissione tra un io interiore, assolutamente privo di valore proprio, e un io esteriore, di altissimo valore etico, che perseguita terribilmente la mia giovane esistenza. Sono alla continua ricerca di protezione, mossa dal desiderio di essere parte di un qualcosa, ma al tempo stesso vivo la netta sensazione di venirne perpetuamente esclusa. La ricerca continua, cioè, di trovare un marito o degli amanti, per colmare il bisogno infantile di tenerezza e di approvazione. Sarà per questo» proseguii «che molte persone come me si sentono attrarre dal mondo del teatro e del cinema, perché recitando puoi fingere di essere un altro!» La conversazione incalzava e mi lasciai prendere la mano.

«Sai, Henry, scavando nell'infanzia delle persone che hanno sofferto, di solito si scopre un padre che in qualche modo non è stato un vero padre, e una madre che in qualche modo non è stata una vera madre!»

«Mia madre» incalzai «ha iniziato a soffrire di crisi maniaco depressive dall'episodio drammatico del treno».

Dopo il funerale di mio padre, ebbe inizio il mio calvario. E un altro grande dolore mi fu inferto quando mi separarono dal mio fratellino gemello, Thomas, per mandarlo in Scozia, a Edimburgo, da una zia, sorella della mamma che, non avendo figli e disponendo di notevoli ricchezze, sarebbe stata in grado di aiutarci a sollevare la nostra non più solida condizione economica, offrendo a Thomas ogni forma di benessere materiale e affettivo. Egli fu felice di andare a vivere in Scozia, in quella grande villa, piena comfort, immersa nel verde e dotata di attrezzature sportive. Nelle vicinanze c'erano, tra l'altro, prestigiosi college.

Un altro colpo fermo per me. Non vedere più la cascata di riccioli biondi del mio fratellino, successivamente trasformati in un caschetto di fili d'oro chiarissimo, che scuoteva ogniqualvolta rideva, gli occhietti furbi, le sue corse, la sua vitalità di bambino felice, diverso dal mio temperamento vulnerabile e sensibile. Questa perdita mi fece piombare in un dolore ancora più empio, senza ritorno. Ricordo che, i primi tempi, cercavo nei cassetti i grembiulini del piccolo Thomas, li baciavo, ne sentivo l'odore, li stringevo al cuore, li custodivo gelosamente, ma non erano sufficienti a restituirmi il sorriso, l'allegria e l'intesa con il fratellino assente.

Mi era venuta meno anche mia madre che, ricaduta in uno stato di shock irreversibile, fu nuovamente rinchiusa in una clinica per malati di mente.

Mi riaffioravano alla memoria le mattinate in cui, pur essendo sveglia, facevo finta di dormire. Mi piaceva essere risvegliata da lei così, appena sentivo i suoi passi, chiudevo di nuovo gli occhi. Era una specie di gioco.

Sentivo che soffriva, che aveva dentro di lei qualcosa che la rodeva giorno dopo giorno, qualcosa simile a un gran segreto, a una verità difficile da rivelare. Se l'avessi saputo allora, avrei potuto aiutarla. Forse, chissà, non ci sarebbe stata neanche la clinica psichiatrica! Ma lei era inflessibile. Nessun tentennamento, nessuna debolezza, nessun bisogno di liberarsi del grande segreto che custodiva dentro di sé. Voleva, forse, riscattarsi così, voleva espiare, voleva soffrire.

Ero ormai alle soglie dell'adolescenza. Mi sentivo come un animale alla fine del letargo. Per tutto il tempo della scuola, avevo pensato solamente al vuoto. A volte, passavo pomeriggi interi in camera mia a guardare fuori dalla finestra. Londra è una città fantastica. Ma il paesaggio che vedevo era lo stesso di sempre. E così, fissando il vuoto succedeva persino che mi mettessi a piangere. Andavo talmente lontano nei miei pensieri che non riuscivo più a trovare la strada per tornare indietro. Ero triste e quel pianto, in un certo senso, era una specie di consolazione. Questo stato di apatia durò fino a diciotto anni.

Ero molto brava a scuola, ma a un certo punto, cominciai a pentirmi di esserlo.

Lo scrivevo spesso a te Elizabeth, ricordi? E scrivere a te era uno dei miei pochi conforti, tanto utili a farmi superare i momenti di disperazione della mia vita!

Da un giorno all'altro, avrei voluto cancellare il mio passato. Mi vergognavo di quello che ero stata. Della mia bontà, della mia arrendevolezza, del mio andare bene in tutto.

Perché non mi era costato nessuno sforzo. Essere silenziosa e gentile faceva parte della mia natura, era un modo per vivere, spendendo poche energie.

Compivo lunghe passeggiate, camminavo lungo i campi, oppure sedevo sotto un albero, leggendo o scrivendo le prime poesie. E oggi, qui a Londra, trovo la possibilità di ritirarmi in piena tranquillità per scrivere e recuperare le mie forze.

Mia madre si era ritirata in un mondo tutto suo, mentre mio padre non c'era più, e la grande casa sembrava la fredda e vuota estensione della solitudine che regnava tra noi. Avrei desiderato ardentemente fuggire e immettermi in un mondo vivo e stimolante come quello dei film, delle commedie radiofoniche o ancora dei romanzi, mondi che, ai miei occhi, rappresentavano la vera vita.

Mi sentivo sola, e mi pesava.

All'inizio avevo provato a comunicare a qualcuno i miei pensieri.

Le reazioni però non erano state delle migliori. Dopo avermi ascoltato, restavano tutti in un imbarazzato silenzio oppure cambiavano discorso, come si fa con le persone fuori di testa. Nella solitudine della mia stanza io allora mi chiedevo perché vedessi cose che nessun altro vedeva. Sarebbe stato più semplice, pensavo, avere un talento per la meccanica o la fisica, tutti sarebbero rimasti ammirati dalle mie domande. E invece, quelle che mi facevo, non riguardavano mai nulla di concreto.

C'erano delle incongruenze nella realtà, da queste ero ossessionata, le persone parlavano in un modo e si comportavano in un altro. Mio padre, che aveva lottato per un mondo migliore, era finito in quel modo e si portava dietro odio e disprezzo.

Ma perché, mi chiedevo la sera, prima di chiudere gli occhi, mio padre è morto in modo così drammatico?

Vendette, ripicche politiche? Non si seppe mai nulla.

Mia madre continuava a essere turbata e sempre più ammalata.

Tra i miei genitori avevo capito che non c'era felicità.

Spesso lui le chiedeva: "Sei felice, Virginia?"

"Credi ancora a queste sciocchezze?" gli rispondeva mia madre.

"La felicità non esiste".

Ed era proprio questo mare di incongruenze su cui volevo indagare. Sentivo addosso la confusione e il disordine del mondo.

Il velo dell'illusione della dolcissima infanzia con Thomas era scomparso. La verità risplendeva lucida.

Gran parte dell'infelicità dipende dalla strada sbagliata.

Le parole da sole non offendono. Offende l'ipocrisia che c'è dietro.

Così cominciai a darmi alla lettura di una sfilza di poeti, scrittori e filosofi. In fondo, mi dicevo, loro sono i più sinceri, non fingono di non essere soli. La sensibilità eccessiva non è un lasciapassare, ma una trappola.

Con l'arrivo dell'estate venivo mandata in Cornovaglia, da una famiglia molto amica, che si prestava a darmi ospitalità e compagnia. Ricordo quando vi arrivai la prima volta per i due mesi estivi che vi avrei passato dopo un viaggio terribilmente lungo e stancante. Avevo dodici anni.

Il posto si chiamava Villa delle Rose e la sua vista era nascosta da uno smisurato cespuglio che si allargava in tutte le direzioni. Il cuore mi scoppiava in petto per l'ansia e l'emozione.

Ma le decisioni della nonna materna e del prozio con cui vivevo a Londra non andavano discusse. Dovevano solo essere accettate. Molly, la figlia della signora Jane, mi venne incontro e io tremavo dall'emozione. Un brivido di paura mi assalì ma la signora Jane, che era stata molto vicina a mia madre, mi prese dalle spalle e dolcemente mi accompagnò dentro, nel *sitting room*, davanti a un caminetto acceso, nonostante la buona stagione, mentre un cane maculato dagli occhi dolci e le lunghe gote cascanti, disteso sul pavimento, dimenava la coda per l'allegria.

Fuori, il giardino sembrava una giungla e lunghi tralci di edera si arrampicavano dovunque e ben presto avrebbero invaso anche la casa, soffocando la terrazza e le finestre. Di sera, in lontananza, vedevo il mare come uno specchio in cui si rifletteva una luna d'argento. Colori, voci, effluvi, pioggia, odore di erba bagnata: questo respiravo, l'aria della mia Inghilterra e se avessi voluto avrei potuto galoppare a briglia sciolta non solo con la fantasia ma anche di persona e addolcirmi così l'esilio dorato.

Trascorrevo molto tempo con Molly. Camminavamo, camminavamo nei boschi e parlavamo, mi liberavo di tante tensioni e ridevo per quel senso di liberazione e piangevo per la stessa ragione. Mi depuravo dai brutti ricordi e allora mi dicevo: cos'è l'infanzia? È lo stato in cui ancora non si è toccati dal dolore. È solo questo. In chiesa sentivo parlare di grazia divina. Ma cos'è? mi chiedevo. Io la vedo, non la sento, la chiamo e non viene. Dov'è la bontà divina, se sceglie di manifestarsi soltanto a coloro che le sono simpatici?

Spesso le mie domande trovavano una risposta solo in te, Elizabeth, che arrivavi qui, in Cornovaglia, nei giorni di agosto. Ricordi? Erano giornate intense, liete e tu riuscivi a dare un significato alla mia tristezza cronica e al mio animo di adolescente, troppo presto provato dai dolori più forti, che mi avevano traghettata dal mondo della serenità a quello della cupezza e del dolore.

Avevo abdicato alla verità per vivere nell'illusione e, di ogni cosa che mi veniva davanti, mi accontentavo dell'involucro.

Circa dieci anni passati così. Cercavo di mettere insieme i cocci.

Dovevo ricomporre più di dieci anni, ma ciò che mettevo insieme non mi dava abbastanza soddisfazione.

Ciononostante, andavo pian piano perdendo la diffidenza, la timidezza, la ritrosia verso gli estranei, trasformando, in parte, la mia facoltà di astrarmi e le mie scuse di solitudine, che avevano fatto di me un orso. Di mattina passeggiavo al fresco dei boschi e ritornavo con Molly verso mezzogiorno, quando il sole era alto, con mazzi di rose profumate in mano, che venivano messe nei vasi, dove scomparivano e avvizzivano. Avevano un olezzo delicato, a volte amarognolo, come se nei loro steli scorresse un succo selvatico, pungente e ricco.

C'era un albero sull'orlo del prato, che mandava il profumo fino alla finestra della camera da letto, che dividevo con Molly la quale, spirito positivo e pratico, si lamentava del fatto che c'erano troppi profumi e le davano alla testa».

«Dopo tutto questo lungo racconto, o meglio questa confessione» intervenne Henry «posso immaginare quanto tu abbia sofferto e stia ancora soffrendo. Ti ringrazio per la fiducia che mi hai dimostrato».

«I miei genitori» proseguii «nonostante la buona volontà, non sono mai riusciti a essere per me dei punti di riferimento e addirittura, dopo la morte di mio padre, così drammatica, le crisi depressive di mia madre e il suo continuo bisogno di essere protetta, provocarono un vero e proprio rovesciamento dei ruoli. Non osavo provare rancore nei loro confronti, ma ciò significò seppellire dentro di me ogni sentimento o emozione riguardo alle cose che mi venivano tolte. E così provai a domandarmi quali cose potessero esserci al di là del muro che avevo eretto tra me e la mia infanzia, e se alcune di esse non si riflettessero sul presente, nonostante la solidità di quel muro».

Improvvisamente mi destai dalla mia narrazione e quasi rinsavii.

«Ma cosa mi sta accadendo» dissi «parlare dei miei problemi più intimi e personali, con uno sconosciuto? È chiaro che c'è qualcosa che non va in me. Mi sono lasciata prendere la mano. Ma ora basta».

«No, Christine» replicò Henry «continua perché, così, tu stai salvando te stessa! Ti prego, riprendi. È molto interessante e voglio aiutarti!»

«Ebbene» incalzai «mi rammento della tristezza che permeava quella mia esistenza solitaria e senza guida, con l'impegno del lavoro dopo la scuola, con la preoccupazione per mia madre, che a volte era troppo distante dalla realtà per capire dove si trovava o chi fossi io. Vivevo con la preoccupazione costante di nascondere agli amici i segreti della mia famiglia, di cui tanto mi vergognavo, e allontanavo da me le loro domande e il loro desiderio di starmi vicino sia con le battute scherzose sia con l'orgoglio del sopravvissuto. In entrambi i casi, tenevo me stessa lontana dal pozzo dei desideri, perché temevo di esserne inghiottita, se solo ne avessi ammesso l'esistenza. I parallelismi divennero a poco a poco così evidenti che iniziai a rendermi conto che anch'io, nella mia esistenza di adulta, stavo semplicemente riproducendo quegli stessi meccanismi dolorosi quanto familiari che avevo vissuto nell'infanzia.

Malgrado la convinzione di essermi lasciata alle spalle il passato, malgrado la certezza che a plasmare la mia esistenza ci fossero la mia volontà e il genere di vita che avevo scelto, le cose non stavano affatto così. Ma perché» mi interruppi ancora una volta «continuo a parlare dei miei segreti con un estraneo?» mentre mi accorgevo di non essere più capace di fermarmi.

Proseguii senza arrendermi, sino alla fine.

«Incominciai, allora, a lavorare sugli indizi, cercando di decifrarne il senso. Perché il suono di una radio aveva il potere di deprimermi, mentre la stessa cosa non succedeva ascoltando la televisione o il giradischi? Perché quello della radio era stato l'unico suono che si udiva nella casa dove abitavamo io e mia madre.

Perché non ero capace di costruirmi delle sicurezze?

Perché tutto ciò non mi era stato dato durante l'infanzia.

Perché non mi riusciva di chiedere aiuto a gente che pure me lo avrebbe offerto senza alcune difficoltà e senza chiedere niente in cambio?

Perché nel passato non avevo mai ricevuto alcun aiuto.

Perché avevo impostato tutta la mia vita in modo tale da essere sempre pronta a partire per qualsiasi luogo e in qualsiasi momento, anche se la partenza restava una pura eventualità?

Perché quello era il modo per proteggermi, nell'infanzia, dal pericolo di affezionarmi ai luoghi in cui trascorrevo parte dei miei vagabondaggi. Forse può sembrare ovvio, ma mi obbligavo a comportami seguendo lo stesso trattamento che mi era stato riservato da bambina. Non so» proseguii «se sarò mai capace di stabilire una correlazione tra la mia vita presente e quella passata, tra il padre che ho perduto e gli uomini che, forse, sposerò, tra la bambina invisibile che un tempo ritenevo di essere e l'immagine ben strutturata che ho costruito di me. Non so ancora se, in futuro, avrò la forza sufficiente di tornare indietro nel tempo e trasformarmi a mia volta nel genitore di quella bambina triste che è dentro di me. Ognuno di noi, io credo, porta vivo il bambino che era in passato. E coloro che non sentono il bisogno di costruire dei muri hanno libero accesso alla creatività e alla spontaneità di quel bambino. Tutta la mia attenzione e il mio impegno è recuperare il mio sé dell'infanzia. Scoprire la bambina che esisteva prima degli anni terribili vissuti insieme a mia madre, una bambina che è stata cancellata nel momento in cui ho eretto un muro per proteggermi dalla memoria di ciò che era accaduto qualche anno più tardi, cioè la mia capacità di anestetizzare i sentimenti e di uscire indenne dalle esperienze più dure, di avere chiuso la porta su una parte del mio passato».

Tacqui praticamente alla fine della mia patetica storia.

Rammento che avevo quasi voglia di scoppiare a ridere a crepapelle, per sdrammatizzare: sentivo agitarsi in me un diavoletto maligno.

Mi ero pentita di essere andata così avanti e di aver raccontato inutilmente ciò che da tempo ribolliva nel mio cuore, tutte cose che potevo narrare come se leggessi un copione già scritto, perché da un pezzo avevo preparato dentro di me la mia sentenza e ora mi ero ritrovata a esporla, anche se, lo confesso, sapevo di non essere capita.

Egli tacque. Poi, stringendomi con dolcezza la mano, mi chiese con simpatia: «Possibile che tu abbia veramente vissuto una vita così?»

Poi, fissandomi: «Hai un nome molto bello e tutt'altro che comune».

Intanto, un barlume di saggezza mi assalì e mi sorpresi, con amarezza, di aver parlato tanto dei miei genitori. Non era mai successo.

Non era facile per me raccontare di mio padre. Egli era la mia proprietà segreta e riservata e non avevo alcuna voglia di parlarne così, con indifferenza, al tavolino di un ristorante e, per di più, in treno che mi richiamava alla mente la sua tragica fine.

Ma quella colazione si svolgeva in una singolare

atmosfera di irrealtà, in una specie di strano incanto. Non era passata che più di un'ora dacché, taciturna e angolosa come una collegiale, ero seduta in compagnia di un uomo mai visto prima e già l'avevo fatto parte della storia della mia famiglia.

Chissà quale misteriosa ragione mi aveva spinto a parlarne!

Forse perché i suoi occhi mi seguivano pieni di simpatia certo è che la mia timidezza dileguava, si scioglieva così come la lingua, dapprima riluttante e, i piccoli segreti, le gioie, i dolori, le allegrie della fanciullezza con Thomas venivano alla luce!

Provai dentro di me, dopo queste ore, una forte sensazione di lucidità e di consapevolezza anche compiendo gli atti più semplici, malgrado le resistenze del mio sé.

Ma ora la piccola sala ristorante, dopo il rumoroso riempirsi di gente, l'acciottolio delle stoviglie, le chiacchiere e le risate, cominciava a svuotarsi, e un'occhiata all'orologio sopra la porta, mi rivelò che mancava poco all'arrivo.

Eravamo lì esattamente da un'ora e mezza, e avevo parlato quasi sempre da sola. Precipitando nuovamente nella realtà, confusissima, le mani calde, col viso in fiamme, mi scusai.

«Lo sai che noi abbiamo qualcosa in comune?» disse Henry «siamo tutti e due soli al mondo. Io ho una sorella, tu un fratellino, ma, reciprocamente, non ci vediamo mai. Tu mi hai aiutato a evadere un po' da me stesso, da uno smarrimento in cui sono caduto da un po' di tempo. Ho goduto quest'ora con te, come da tanto non mi capitava con nessun'altra persona al mondo. Hai un bel nome, che ti sta molto bene, Chrissie, e ti do appuntamento a Londra al tuo rientro».

Sentii che Henry aveva notato che i miei occhi erano ridenti e avrebbe voluto costringere le graziose fossette, come egli diceva, a fare la loro comparsa fuggevole. E per tutta risposta le fossette comparvero, quasi ammiccando. Così, prima di tornare in scompartimento, accettai di bere ancora un caffè e fumare una sigaretta. Nel frattempo, il treno correva sfrecciando sulle rotaie verso la sua destinazione, come l'uomo che va incontro al suo destino senza fermarsi, inesorabilmente.

Capitolo terzo

Mi aggiravo nella mia casa di Londra, angosciata, in quelle stanze tetre, come una creatura in gabbia sul punto di liberarsi. Le pareti delle stanze erano ricoperte da libri, che s'ammuchiavano sui tavoli e tutt'intorno.

Vivevo ormai da sola con il vecchio prozio, fratello della nonna materna, recentemente scomparsa. Questi sedeva su una sedia a rotelle, dalla quale gli arti paralizzati non gli permettevano di alzarsi senza aiuto. Il volto era consumato e scavato dalla malattia, ma gli occhi erano pieni di vita e possedevano una strana luminosità che contrastava con l'immobilità dei suoi tratti.

Fissandomi negli occhi freddi, il vecchio rispose seccamente: «Vai quando e dove vuoi. Non ho alcun desiderio di trattenerti».

«Questa è la cosa più amara che abbia mai ascoltato» esclamai.

«Se tu mi volessi bene questa casa cupa sarebbe piacevole, ma sapere che non ti importa nulla di me mi rende infelice. Ho tentato sempre di fare il mio dovere, ma tu non perdoni. Mi dici: "Va"' ma dove posso andare? Sono una donna giovane, senza un soldo e sola.

Devo terminare gli studi universitari e ho soltanto ventidue anni. Lo pensi, davvero, zio?»

«Non dico mai ciò che non penso. Fa' come vuoi, va' oppure resta, ma non mi fare più queste scenate, mi hanno stancato».

«So che eri carico di soldi, che li hai persi al gioco» incalzai «ma sei sempre più avido e io me ne andrò appena troverò un rifugio e non ti sarò più di peso. Ma ricordati, avrei voluto essere come una figlia per te e tu hai indurito il cuore.

Un giorno, quando avrai bisogno d'amore, rimpiangerai di aver gettato via il mio. Ma sappi che ho un cuore d'oro e semmai te ne accorgerai mandami a chiamare, zio, e ovunque sarò, tornerò e ti dimostrerò che so perdonare».

Un singhiozzo soffocò la mia voce indignata, ma orgogliosa più che mai, non versai una lacrima e con passo deciso, lasciai la stanza, mentre il cameriere si affrettava ad avvertire lo zio che un signore chiedeva di lui.

Andai a rifugiarmi nella mia stanza. Una stanza tutta per me. La consideravo l'involucro dove i sogni prendono forma.

Laboratorio o pensatoio, un luogo sospeso tra realtà e immaginazione, dove ci si racconta la propria storia.

Era il posto della concentrazione e della riflessione.

Solo qui, Elizabeth, trovavo la forza per ripartire.

Qui mi sono sempre rintanata dopo ogni viaggio e dopo le vacanze estive in Cornovaglia. In realtà era un secondo appartamento, senza pareti divisorie e collegato con il resto della casa da una scala di legno. In pratica un sottotetto con le travi e i muri che si abbassano sotto gli spioventi. La luce entrava dall'alto e dalle finestre che correvano in fila lungo un grande terrazzo: lo spazio verde ideale per pensare.

Per me era un luogo di raccoglimento e di sospensione che, dopo periodi di assenza, mi dava la forza per ripartire di nuovo. Qui custodivo tutte le mie fotografie. Ho sempre amato fotografare la gente comune. I loro volti ora rivivono nei miei scritti con una passione scatenata, sono entrati a far parte del vastissimo patrimonio di memorie che ho accumulato a partire dalla morte di mio padre, dall'internamento di mia madre in una casa di cura psichiatrica e dalla partenza del mio fratellino.

Era la stanza della fantasia, l'unico luogo che mi consentiva di non smettere mai di fare ciò che mi piaceva.

Poi c'era il mio pianoforte e bastava improvvisare poche note vivaci per libermi dalla stanchezza di una giornata.

Amavo ciò che viene costruito, ciò che dura e rimane malgrado tutti e tutto: le case, i libri, le opere d'arte, Londra e la scrittura...

Per mezz'ora sedetti accanto alla grande finestra della mia camera a fissare le acque del fiume che si rincorrevano, perduta in pensieri tristi e amari, finché non scese il crepuscolo e il mondo là fuori si fece cupo come quello all'interno di me, di cui ero così stanca.

Feci per alzarmi, quando l'improvvisa consapevolezza di una presenza umana mi costrinse a voltarmi, e vidi il nuovo arrivato, che dalla porta mi guardava con un sorriso curioso.

Un sussulto involontario mi scosse e riconobbi in lui Henry Ford, il compagno di viaggio. Nella luce tremula della tetra sala, il volto di Henry appariva diverso e minaccioso, ma con un cambiamento rapido, assunse un'espressione morbida e, tesa una mano verso di me, disse: «Scusami, sono stato molto sfacciato e bizzarro con una ragazza ben educata come te, mi potrai mai perdonare? Visto che tuo zio, che conosco da tempo, mi ha invitato a passare la notte qui e mi ha affidato alle tue cure?»

Mi stringeva la mano mentre parlava e mi fissava in volto, come per dire: «È davvero inconsapevole della sua bellezza!»

Allora, in maniera ospitale lo feci accomodare sulla poltrona, poi attizzai la brace nel camino di pietra bianca, finché non si levò un fuoco allegro. Accesi una lampada molto luminosa in modo da rendere più intenso il verde delle tappezzerie, chiusi le tende e, poi, mi fermai dubbiosa.

«Prendo sempre il tè da sola qui e mando su quello dello zio. Vuoi berlo con lui o con me?»

«Con te, naturalmente, se non hai paura della mia insidiosa compagnia» rispose Henry con un sorriso significativo.

«Amo il pericolo» dissi arrossendo.

Suonai il campanello per far portare il tè e quando arrivò, presi ad armeggiare con lo zelo di una bambina che gioca a fare la padrona di casa. Dalla sua comoda posizione, Henry mi guardava con una sorta di divertimento, che poco a poco si tramutò in sorpresa, mentre io mi rendevo conto di possedere uno spirito e una libertà particolarmente attraenti per quell'uomo, che si stava rivelando diverso da come lo ricordavo in treno. Ora trasmetteva la sicurezza di chi aveva provato tanti piaceri e, stanco di tutto, era lieto di scoprirne uno nuovo. Benché l'isolamento mi avesse privato dell'eleganza della vita sociale, aveva preservato in me la schietta freschezza della gioventù, dando alla mia natura un'intensità infinitamente più affascinante delle grazie artificiali delle altre donne.

«La tua bellezza soddisfa il mio occhio artistico, le tue stranezze ne stimolano la curiosità, allontanando la noia, e il tuo carattere mi interessa poiché tradisce forza, orgoglio e passione» disse.

«Così, anche tu ti senti stanca e vorresti morire?» chiese a bruciapelo Henry.

«No, non l'ho mai desiderato. Non ho intenzione di morire prima di aver gustato la vita. Abbiamo tutti diritto alla felicità» lo interruppi «e presto o tardi anch'io la conoscerò, perché voglio provare ogni piacere prima di essere vecchia per assaporarlo. Nei libri che leggo» continuai «gli empi sono sempre più interessanti dei meritevoli, e nella vita vera i buoni sono sempre tristemente noiosi. Non ho alcun desiderio di essere cattiva, ma voglio essere felice. Voglio una vita finalmente gioiosa e sono disposta a pagare per questo piacere, se sarà necessario».

«Potresti dover pagare un prezzo molto alto, ma presto o tardi» intervenne Henry «sono sicuro che avrai quello che vuoi, perché una forte volontà ottiene sempre ciò che desidera».

«Grazie per le tue parole. Sono le prime di incoraggiamento che sento in vita mia».

«Mi chiedo da dove ti vengono tutte queste idee, Chrissie» aggiunse Henry.

«Dai libri. La casa ne è piena, e io non faccio altro che leggere e studiare».

«Ma dimmi» continuò Henry «era davvero così ribelle e scellerato lo zio, da giovane?»

«Non parla mai di sé e negli anni che ho trascorso con lui, non ho scoperto nulla del suo passato, tranne che non avrebbe mai perdonato mia madre, cioè sua nipote, per il matrimonio che ha fatto» risposi.

«È buono con te?»

«A modo suo. Mi dà una casa ma nulla di più. Non ho mai capito perché l'abbia fatto, visto che era in collera con la mamma, eppure quando si è ammalata mi ha preso con sé!»

«Posso dirtelo io perché l'ha fatto».

«Come fai a saperlo?» gli chiesi con occhi spalancati dallo stupore.

«Ho visto una volta soltanto la tua mamma, eppure non l'ho dimenticata. So che avrebbe dovuto ereditare una fortuna che andò in sorte, invece, alla sorella, che vive in Scozia insieme al tuo Thomas. E tuo zio ne sta aspettando ancora una parte, per potersi pagare tutti i debiti da gioco».

Mentre la luce del fuoco illuminava la mia figura sottile e il volto contornato da folti capelli dorati, Henry pensò che la stanza racchiudesse il più dolce esempio di femminilità che avesse mai visto, ma anni di egoismo gli avevano indurito il cuore e apprezzava me, Chrissie, come fossi un bel fiore, un libro emozionante, una canzone appassionata.

«Dove vivi esattamente, Henry?» chiesi interrompendo i suoi pensieri.

«In viaggio sul mio yacht. Amo tanto il mare e la sua libertà mi esalta. Sono libero e non ho da obbedire a nessuno. Per mesi ho condotto la vita di un re del mare tra una crociera e l'altra, navigando qua e là senza altra compagnia che i libri!»

«Magnifico» esclamai, mentre il vento infuriava fuori e la pioggia batteva violentemente sui vetri.

A un certo punto, ci fu un boato tremendo e l'albero di fronte alla finestra fu sradicato dalla violenza feroce delle intemperie.

Ci fu un vivido bagliore e poi uno schianto.

«Allontanati di lì, Chrissie» disse Henry, mentre era balzato in piedi aprendo il balcone «se non vuoi fare la stessa fine dell'albero».

«Era il mio albero preferito. Papà l'aveva piantato alla mia nascita e l'avevo sempre considerato mio. È un brutto presagio e la superstizione dice che quando l'albero se ne va, la persona lo segue dopo!»

«È la mia venuta a essere un presagio?» replicò lui.

Intanto lo zio invitò Henry a fermarsi qualche giorno con noi, almeno fin quando non sarebbe stato possibile riprendere la navigazione a mare calmo. Nei giorni a seguire, avevamo preso a uscire e ci divertivamo, spesso raggiungendo posti nuovi e angoli di natura sorprendenti. Una sera, volevo essere più che mai raffinata ed elegante e scelsi un abito che esaltava la mia agile figura.

Vi era un grande specchio sul muro, illuminato da una grossa lampada. Mi osservavo con insolito interesse, sembrava che qualcosa non andasse, perché scuotevo la testa e, stavo allontanandomi distratta, quando m'avvidi di un altro volto nel grande specchio scuro. Allora Henry mi chiese con un tono che avrebbe intimidito molte ragazze: «Stavi ammirandoti o cercavi di scoprire il tuo destino, come si faceva un tempo, Chrissie?»

Non gli risposi, ma mi dissi piano: «Mi piace quel mio diminutivo. Nessuno mi chiama più così, ora».

«Ho visto me… e te» aggiunsi.

«E sei stata soddisfatta del tuo destino?»

Gli occhi mi brillarono e così confermai la verità delle sue parole. Dopo la serata, andammo a passeggiare sul ponte dello yacht, godendo dell'ondeggiare al vento della barca. Un delizioso senso di libertà pervase tutta l'atmosfera che mi circondava. Henry non si fermò due giorni ma sostò un mese, al largo del suo yacht e con me vicino. C'era qualcosa che m'incuriosiva molto di lui e che non riuscivo a capire e, allora, senza timori gli posi la domanda: «Henry, cosa fate ogni sera tu e lo zio quando vi rinchiudete nello studio e mi abbandoni?» Egli non si lasciò turbare dalla secca domanda. Sembrava imperscrutabile. Scoprii che aveva occhi magnifici, ma la sua bocca tradiva una natura spietata.

Avevo cercato di origliare dietro la porta, la sera precedente, e avevo sentito ripetutamente il mio nome e Henry dire allo zio: «Il suo ventiduesimo compleanno. Magnifico. Sarà una splendida giornata».

Alle mie insistenze Henry non rispose, ma mi condusse nello studio del vecchio. Questi attendeva seduto nella sua poltrona.

Una lampada illuminava un tavolino coperto da un panno verde, su cui c'erano delle carte da gioco e delle monete. Il vecchio alzò lo sguardo impaziente, non si scurì in viso quando vide che Henry non era da solo.

«Perché hai portato Chrissie?» chiese in tono adirato.

«Perché desiderava venire e io ho voluto accontentarla» fu la fredda risposta.

«Se si ferma, non gioco».

«E io non gioco se va via».

Per un istante i due si fissarono e io arretrai, spaventata dallo sguardo ardente del vecchio e da quello sprezzante del giovane.

«Lei giocherà peggio per via di questa decisione, ma cedo» disse il vecchio con evidente sforzo.

«La sua scelta è saggia, poiché questa è la sua ultima possibilità di vincere o perdere tutto. Siediti qui, Chrissie e divertiti, se puoi».

Il giorno dopo Henry venne a cercarmi di buon'ora, mi avvertì che stava per salpare, per andare via per sempre e proseguire il suo interminabile viaggio intorno al mondo. Ogni freddezza era sparita dalla sua voce e c'era molta calma nei suoi modi, mentre con un gesto improvviso e un guizzo negli occhi, mi strinse fra le braccia dicendo con tale tenerezza da non farmi dubitare neppure per un istante: «Mia piccola Chrissie, pensavi davvero che ti avrei lasciata? Ho atteso solo di essere sicuro che mi amassi e di guadagnarmi il consenso del vecchio. Ho capito che il tuo dolce cuore è mio e ho comprato questa tua manina a peso d'oro».

A queste parole mi accorsi che la mia vita non era un percorso ma un processo di lento degrado.

Forse volevo salvare me stessa dal vuoto che mi si era spalancato davanti. Nessuno mi aspettava a casa, la mia vita esisteva in me e nel cuore di nessun altro. Unico anello superstite della catena questo prozio, troppo e unicamente impegnato nel fare i conti e accumulare denaro.

Perché la vita, spesso, non è altro che un cammino di errori.

Scivolare è più facile che andare avanti.

«Alza gli occhi, amore, e comincia subito il tuo piacevole lavoro, perché ora sei la mia donna. Mi accetti come tuo padrone, tesoro?»

Per la prima volta mi resi conto con una certa sorpresa che il matrimonio non era la romantica favola che avevo sempre immaginato, ma un affare tra due famiglie. Ma valutando questa come l'occasione d'oro della mia vita per liberarmi di una situazione tetra e insopportabile, alzai gli occhi e dissi: «Oh, certo! Certo! Che cosa ho fatto per meritare tanta felicità, tanto amore?»

E dimenticando ogni mio tormento, la solitudine, tutte le mie angosce e la prigione dorata, con le lacrime agli occhi restai aggrappata a lui, raggiante di quella felicità che si prova una sola volta nella vita. «Ero io, quindi, la posta in gioco?» chiesi sbigottita e incredula, rabbuiandomi per la vergogna e il dolore.

«Hai comprato questa mia mano» e me la guardai incredula.

Henry la prese nelle sue ed estraendo dalla tasca un anello di brillanti, con un sorriso incatenò il mio dito sottile, come per reclamare quella mano, e forse anche per mitigare la dura verità, perché, mentre io guardavo con infantile piacere l'anello brillare, disse lentamente: «Un tempo, il tuo prozio era un giocatore assai abile, piccola Chrissie, e dopo aver dissipato due fortune se ne creò un'altra con i dadi e le carte. La vita dissoluta gli portò rovina e infermità e ora, in vecchiaia, è inerme e povero. Potrebbe non ereditare mai parti della fortuna di tua zia, una donna giovane e in salute. Mi ha detto che è stanco di aspettare e stava proprio pensando di disfarsi della sua unica proprietà di valore, cioè di te, quando sono arrivato io.

Ti amo, ti voglio e questo gli ha risparmiato tempo, spese e preoccupazioni, perché sono ricco e nessun prezzo mi pareva abbastanza alto per una simile compagnia!

Sì, ha voluto così. È cominciato per gioco, ma poi si è risvegliato in lui il vecchio appetito e mentre ti corteggiavo, lo divertivo col suo passatempo preferito. Io lo supero in abilità e ha perso pesantemente. Questo lo ha contrariato e quando disse che non era più in grado di ripagarmi perché aveva scommesso e perso tutto ciò che possedeva, replicai un po' per scherzo: "Che la posta sia Chrissie, e se vinco, condonerò il suo debito!"

Mi prese sul serio, ma ho notato, mentre giocava, che sembrava temere di perdere e allora fu preso da uno strano rimorso. Io ho giocato con tutto il cuore e ho vinto, ho condonato il debito e gli ho offerto una somma che, se non gioca più, gli eviterà di andare in miseria. Questa è la verità, dimenticala e sii felice con me, mia cara».

«Dunque, mi hai comprata?» e un'ombra si posò sul mio viso imbarazzato. «No, ti ho riscattata come i cavalieri riscattavano le donzelle prigioniere nei romanzi che tu ami e ora ti lascerai per sempre alle spalle la tua solitudine, il mago cattivo e quella vita grama, di cui mi parlasti in treno la prima volta che il destino ci fece incontrare».

Moderatamente felice, sentivo che il mio volto brillava di una gioia, che mi proveniva da un cuore innocente.

L'unico problema era che, avendo fatto innamorare quest'uomo di una persona diversa da me, dovevo continuare a non essere me stessa. E mi costava molto, anche nelle piccole cose.

In altre parole ricalcai tutti i classici errori del grande amore, compreso quello che non avevo mai fatto prima: amare qualcuno per ciò di cui avevo bisogno, e non per quello che lui era. Mi sentivo perduta, ma posso aggiungere che toccare il fondo può essere l'unico modo per riportarsi a galla. Avevo bisogno di crescere, di capire me stessa, ma sappiamo che per crescere bisogna accettare la sfida dell'ignoto. Accettai il matrimonio che mi dava la possibilità di salvarmi, di liberarmi da uno zio insopportabile, sfuggire a un destino triste e drammatico, e difendermi dalle convenzioni sociali. Desideravo la libertà... una possibilità di cambiamento... e una nuova schiavitù!

«È passato più di un anno da quando mi hai rapito come un vero pirata del mare, mio caro Henry, e il tempo è quasi volato!» Mentre fumava un sigaro, gli occhi di lui erano posati su di me, che dalla balaustra guardavo a un miglio di distanza le onde del Mediterraneo, che si avvicinavano alla nostra imbarcazione. Da tempo Henry si comportava in maniera totalmente diversa da come lo avevo conosciuto. Come se l'uomo non fosse un uomo, il matrimonio non fosse stato che una finzione di matrimonio, la luna di miele un sogno mal scritto, stravolto da uno sposo che ha cambiato faccia.

Tutto ciò mi turbava ed era molto inquietante.

Lui si comportava in modo assai strano.

Non si separava mai dal suo telefono personale. E quella sera, a metà della cena, squillò. Henry diventò serio, si alzò e uscì dalla stanza per parlare liberamente.

Poi, di rientro: «Devo essere domani a Casablanca» mi disse, «è urgentissimo. C'è un affare che rischia di andare a monte. Quando ero lontano, a Londra, uno dei miei collaboratori ha commesso un errore. Bisogna che vada a vedere cosa succede.

Si tratta di parecchi milioni, Chrissie. Sono desolato di guastare in questo modo la nostra eterna luna di miele. Ti raggiungerò a fine settimana».

Sorrise e mi strinse tra le braccia dicendo: «So che sei

una donna fantastica e io ho bisogno del tuo sostegno, di saperti con me, complici e amanti. Il nostro amore è meraviglioso». Eravamo soliti alternare i percorsi in yacht con soste prolungate in stupendi alberghi in terraferma. Al momento ci trovavamo ad Atene, in un hotel al centro della città.

Lo accompagnai in una limousine nera con i vetri fumè, che veniva spesso a rilevarlo. Non era nelle malattie che temevo di perderlo, ma nelle assenze, nella lontananza. Morire è allontanarsi: l'ho saputo poi.

Avevo temuto di perdere Henry, e l'avevo perduto una volta che lo guardavo allontanarsi dalla nave in sosta, e avevo pensato che fosse per sempre. Non amavo Henry nel senso del desiderio, ma avevo bisogno di lui. Era anche amore!

Cercai di avvicinarmi a lui e di prendergli la mano. Henry non si mosse. Pensai che dovesse trattarsi di una situazione grave.

Sentii la sua mano che si strinse forte alla mia. Aveva, certamente carisma, prestanza e molta intuizione. Gli piacevano i soldi e li spendeva facilmente come li guadagnava. Era un duro negli affari. Si occupava efficacemente di industrie navali.

Per le donne aveva fascino, trovavano in lui qualcosa in più degli altri ed egli curava molto l'immagine di sé che voleva offrire alle donne. Ci teneva a conservare il suo mistero e i suoi segreti, e non si complicava la vita con scrupoli e moralismi.

«Sei fortunata» mi diceva «a viaggiare con me in nave. In questi tempi di velocità e di cieli ingombri, la nave è un lusso e noi, per molti mesi all'anno, potremo consentirci questo lusso! È l'occasione per liberarmi dai pensieri ed entrare in un ritmo nuovo». Ricordo che spesso mi assaliva la paura di diventare mamma. Non avevo idea di cosa volesse dire essere figlia, accettare aiuto e protezione, perché ne avevo un bisogno smisurato. Diventare madre avrebbe significato affondare una seconda volta nel ruolo di chi si prende cura di un altro, e forse perdere me stessa e le mie risorse, proprio come era successo a mia madre.

Forse fu proprio in questo periodo di estrema stanchezza e tensione che incontrai Henry. Condividevamo gli stessi interessi, trovavamo piacevole andare in cerca di libri, articoli o film che potessero appassionarci. In secondo luogo, era lui a prendere le decisioni in fatto di vita sociale, e tutto quello che io dovevo fare era prendere parte ai vari incontri, vestire in modo appropriato, ascoltare, rilassarmi alle cene, ballare, ridere ai suoi scherzi e alle sue battute meravigliosamente raccontate, secondo un programma già fissato.

Trovavo tutto questo molto riposante. Dato che sin dall'infanzia avevo assimilato un modello di comportamento che mi spingeva a prendermi cura degli altri, quell'uomo mi sembrava ideale: qualcuno di cui non dovermi prendere cura. E dato che era una mia fissazione voler aiutare la gente a cambiare, come se volessi dimostrare a me stessa di essere una persona viva e utile, un uomo che diceva di essere insoddisfatto, era per me irresistibile.

A volte, quando facevo tardi, mi mandava la macchina a prendermi e questo mi sembrava un rifugio senza pari.

Premesso tutto questo, fare innamorare un uomo provoca un'allarmante felicità, purché una sia disposta a nascondere la propria personalità e a recitare fino in fondo la parte della persona che lui vuole che tu sia.

Questo, ovviamente, portò a una progressiva erosione del mio sé, così profonda da far affiorare antiche insicurezze.

Mi resi conto che una libera scelta è essenziale all'amore.

Non possiamo dire sì a nessuno, se non riusciamo a dire anche no e, comunque, chi sia la persona giusta da amare dipende in gran parte dalla nostra disponibilità ad apprezzare ciò che è migliore in lui.

Lo vedevo andare avanti e indietro con il telefono incollato all'orecchio.

Non si capiva con chi parlasse né da dove arrivassero quelle telefonate, che spesso duravano a lungo.

Io passavo le mie giornate ad aspettarlo.

Talora non mi dispiaceva, perché ne approfittavo per dipingere, per scrivere, per andare a cavallo, per pensare. Ma, intanto, mi chiedevo: «Lui dov'è? Cosa fa?»

Un giorno mi disse: «Non mi piacerebbe che tu incontrassi le persone con cui lavoro». Preferivo non sapere per paura di scoprire chissà quali verità! Ne concludevo che forse erano uomini che mi avrebbero importunato o fatto la corte.

Una volta, dopo un suo tuffo in piscina, osservai una cicatrice che aveva sulla coscia e che egli cercava di sottrarre sempre alla mia attenzione. Quella non era una semplice ferita, ma il segno di una pallottola estratta malamente.

Un amico, un tipo alto, magro, raffinato, che aveva vissuto celebri passioni, un collezionista d'arte, venuto a trovarlo, gli disse che non si lascia tutta sola in un posto di vacanza una donna così attraente e sensuale. Ma Henry sembrò non dargli ascolto.

Spesso mi confessava che avrebbe voluto essere un altro.

La sua immagine lo annoiava e lo rendeva noioso.

Avrebbe voluto uscire dalla sua pelle e andarsene da un'altra parte.

Essere un'ombra. Un'assenza. Un'immagine allo specchio.

Appena arrivava in un posto, aveva subito voglia di andarsene.

Ma chi, io mi chiedo, non ha provato un giorno il desiderio violento di cambiare faccia, di avere un'altra memoria e altri riferimenti?

«Tu sei» mi ripeteva «una ragazza bella e disponibile, cioè libera, pronta all'avventura, alla fantasia, al gioco per vincere l'angoscia. Sei arrivata nella mia vita come un messaggio!»

Nel frattempo era rientrato da Casablanca e avevamo ripreso i nostri viaggi. La nave correva e tra poco saremmo arrivati in porto. L'ennesima sosta.

«Stavo pensando» disse Henry «quale strana cosa sia l'amore: è solo un sentimento, eppure ha il potere di rendere imbecilli gli uomini e schiave le donne».

«Non riuscirai mai a fare di me una schiava» risposi, indignata a tale pensiero.

«Credo invece di sì, Chrissie. Se mi ami come dici, non me lo proveresti facendo qualsiasi cosa per me, qualsiasi sacrificio?»

«Farei qualsiasi cosa, ma a patto che sia giusta!»

Henry continuava a sparire per giornate intere senza darmi alcuna spiegazione. Ogniqualvolta approdavamo in qualche parte del mondo, lo yacht veniva regolarmente ancorato e le soste erano lunghe e solitarie per me.

Egli soleva custodire gelosamente uno scrigno d'argento, regolarmente chiuso a chiave, nelle sue stanze d'albergo o sulla nave. Prima di allontanarsi, lo apriva, estraeva alcuni strani involucri e con un sorriso malvagio annusava ora una, ora un'altra delle polveri ivi contenute.

«Potrei non tornare fino a tardi. Non mi aspettare, Chrissie! Non sentirti abbandonata, sciocchina, non sai che è un bene allontanarsi di tanto in tanto, così da assaporare il piacere di ritrovarsi e non stancarsi l'uno dell'altro?»

Ero sempre più preoccupata delle sue fughe, passavo intere giornate da sola, sotto la protezione dell'equipaggio e, in particolare, di un suo fidato cameriere sia che fossi in albergo sia che fossi in nave.

I miei sospetti e le mie improvvise paure aumentarono quando giunsero alcuni suoi conoscenti a salutarci, avendo saputo del suo arrivo nel porto di Istambul, dove eravamo al momento.

Henry non c'era. Ciononostante, i suoi amici si lasciarono sfuggire alcune confidenze, fatti pesanti, piuttosto empi, in cui Henry sarebbe stato coinvolto tempo addietro. Notizie imprecise, farfugliate, ma che ero riuscita a ben registrare nella mia mente, tra cui anche l'ombra di un delitto commesso per salvarsi da certe illegalità, che avrebbero potuto compromettere la sua libertà.

«Mi spiace dovertelo dire, cara, ma è giusto mettere in guardia un'amica candida come te da un uomo perverso e senza scrupoli, che ha costruito la sua vita sull'inganno, sul traffico di stupefacenti e anche sul delitto! Noi siamo qui perché ci deve soldi e... tante spiegazioni».

Ma non è tutto. Egli aveva anche una moglie e un figlio.

La vera natura di Henry venne fuori completamente.

«Che cosa terribile» riuscii a dire «sono sconvolta, le parole non mi vengono alle labbra».

Dapprima tremai e impallidii, poi gli occhi mi si accesero di un verde più intenso, le guance s'arrossarono, mi strinsi forte le mani con gesto determinato, mentre dicevo tra di me: "Voglio soddisfazione, dovrà pagare per quello che mi ha fatto. Mi ha comprata come fossi una merce per tenermi prigioniera e continuare a condurre la sua vita dissoluta".

Non avrei fatto domande, avrei ascoltato e osservato e, al momento giusto, tentato la fuga. Per una come me, sfortunata e sola, sì, ma non codarda, e che andavo sempre più maturando un temperamento d'acciaio, per cui alla decisione seguiva immediatamente l'azione, non ebbi alcun dubbio. Mi furono necessari del tempo e degli stratagemmi, perché Philip, il suo cameriere personale, si era improvvisamente trasformato in sentinella e non mi lasciava un momento di libertà.

Una sera Henry, che si andava accorgendo del mio mutamento, disse: «Ricorda una cosa, qui io sono il padrone, la mia volontà è legge e punisco la disobbedienza senza pietà. Ti proibisco di fare domande a me e ad altri, ma non voglio perderti».

Avevo sempre capito che Henry non era un santo e che si faceva la legge, che più gli faceva comodo, da solo, padrone assoluto della sua piccola nave. Ma, come molte altre donne speravo di salvarlo col mio amore e più il tempo mi mostrava chiaramente la sua natura, più cercavo di dimenticare i suoi peccati. Ma non ero quel tipo di donna da lasciarsi ingannare o sconfiggere dall'avversario, dopo aver saputo tali verità!

Fuori di me gridai: «Tu non mi hai perduto! Si può perdere solamente quel che si possiede. Siamo sempre stati separati da spazi immensi, da abissi. Sappi che in nessun altro momento sono stata così distante da te, come ora: ciò che sto provando, mi dà la misura di una lontananza infinita...»

Mi sentivo colpita a morte. Avevo le braccia penzolanti.

«Allora perché hai acconsentito a sposarmi?» continuò Henry.

«Non ti conoscevo bene, pensavo che tu avessi potuto amarmi tanto da essere la mia salvezza e da farmi dimenticare un passato triste e drammatico. Ero triste, sola e indifesa...»

«Ma non è troppo perché possiamo rifarci una vita. Guardami» mi ordinò Henry «non ti sognare nemmeno di fuggire da me. Non te lo permetterò mai. Sei in mio potere!»

Mi teneva per le spalle serrandomi la gola con una mano.

Aveva passato anche un braccio attorno alle spalle e mi stringeva a sé. Io, singhiozzando e quasi moribonda, mi svincolai d'improvviso con un movimento furioso:

«Non mi venire a dire» replicai «che quel che succede ora, in questo momento, è per il mio bene!»

«Guardami» disse «esigo che tu mi guardi. Io volevo fare la tua felicità. A modo mio, ma pensando al tuo bene. Sognavo anche che tu potessi fare di me quell'eterno altro che io vorrei essere. Mi dicevo: lei per me è una trappola, una prova, una sfida con me stesso, quella donna è arrivata per salvarmi o per finirmi? Ma una voce interiore mi ha sempre ripetuto: sappi che non si cambia mai. Qualsiasi trasformazione è solo apparenza, un'illusione messa in atto per calmare le persone che hanno folli pretese. L'essere non cambia mai. L'essere ha una sola possibilità: perseverare nell'essere».

Insistevo: «Che devo fare, cosa devo dirti per farti capire che è finita? Ho lottato per troppo tempo, ti ho seguito su questa nave per mari e per terre straniere, tre lunghi anni come una nomade. Ho resistito troppo a lungo a questo disgusto...»

A quest'ultima parola egli si drizzò, con le labbra serrate, l'occhio asciutto, fece un passo verso di me e mi sibilò sul viso: «Dì ancora una parola e ti ammazzo».

«Mi fai disgusto» riuscii a rispondergli.

«Ho un'idea ... devi lasciarmi un pò di tempo...»

Era l'unica cosa da dire in quel momento per salvarmi.

«Un'idea... che idea?!»

«Te lo dirò dopo, ma ora devi lasciarmi tranquilla, sono troppo agitata!» E così dicendo, riuscii a svincolarmi da lui.

Per quanto mi riguardava, imprigionare o torturare l'anima di qualcuno era senz'altro un crimine più grave della tortura fisica.

«Guarda! La felicità non è quella che vuoi darmi tu.

La felicità consiste nel non dipendere dagli altri. La felicità...»

«Dimentica tutto quello che abbiamo detto, Chrissie, non c'è fretta. Prenderai la tua decisione a mente riposata e ti accorgerai che non potrai fare a meno di me» aggiunse Henry.

Mi ritirai nella mia stanza. Le ombre della sera non erano molto fitte, grazie a una mezza luna che lambiva le nuvole, con uno sciame di stelle, che l'accompagnava nel suo lento ruotare.

Poi il vento cominciò a squassare i rami più alti, a mangiare le foglie, quelle che non mangiava le lasciava cadere. Il vento alzò i rami e io contemplai l'immenso sasso illuminato dalla luna, in mezzo alle acque del fiume. I tronchi degli alberi ritorti si stirarono come fossero bisce verdastre e corteccìose.

Una cortina di lacrime mi separò da lui, mi sentii lontana lontana, nell'infinita solitudine di chi sa di essere stato tradito. Avevo ormai preso la decisione di fuggire quando l'ultima prova della sua disonestà parve lampante nelle mie mani!!

E il momento giunse presto. Andarmene all'istante e per sempre era il mio unico pensiero e questo mi diede la forza di alzarmi e di guardarmi intorno. Non volevo restare un solo giorno, e nemmeno un'ora. L'occasione era propizia. Henry sarebbe rimasto fuori la notte.

Non c'era tempo da perdere.

Chiusa a chiave la porta, mi lasciai cadere su una poltrona e, stringendo le mani contro le tempie che pulsavano, mi obbligai a pensare. Dovevo pensare solo a come agire. Il piano fu presto fatto. Uno sguardo all'orologio sotto la debole luce di un fiammifero mi mostrò l'ora: mezzanotte e mezza.

All'una passava il treno, mi avrebbe portato via da Palermo, in Sicilia, dove ci trovavamo con le nostre scorribande, se avessi fatto in tempo a prenderlo. Sarei giunta l'indomani a Bologna da te, Elizabeth, come sai e lì con te sarei stata al sicuro per qualche giorno.

Tutto intorno a me era buio e silenzioso. Philip e gli altri uomini fidati di Henry dormivano. I miei preparativi erano così silenziosi che non li avrebbe uditi neppure un orecchio insonne.

Scelsi un abito di seta nera per il viaggio, vi aggiunsi un mantello scuro, misi un cambio di biancheria nella borsa da viaggio e pochi ricordi del passato felice. Il borsellino che portavo in tasca era sempre ben fornito e gli anelli alle dita avrebbero tenuta lontana la povertà per molto tempo.

Soffrivo moltissimo, ma avevo deciso di fuggire da quest'uomo potente e seducente. Ne ero attratta ma, nel contempo, dominata e sottomessa al suo volere. Sentivo di dover salvare me stessa, il mio sé interiore, che mi diceva di scappare, di riprendere la mia libertà. Meglio essere una persona modesta con pochi mezzi, ma libera e onesta, che vivere ore in un'incantevole ebbrezza... e trovarsi oppressa un'ora dopo dalle più amare lacrime del rimorso e della vergogna. Mio zio mi aveva venduto al maggior offerente, pieno com'era di debiti e di ipoteche e dovendo da un momento all'altro cedere ai creditori la bella casa in cui vivevamo, aveva trovato in questo modo losco, la maniera di risolvere i suoi problemi.

Io, a mia volta, avevo accettato, ma ora dovevo riscattarmi!

Quando tutto fu pronto, non avevo che quindici minuti e, senza sprecar tempo, mi affrettai alla stazione, camminando sotto la pioggia per un sentiero che passava attraverso i vigneti, abbreviando considerevolmente la distanza. Giunsi in tempo, acquistai il biglietto e salendo in uno scompartimento vuoto mi nascosi nell'angolo più buio, sola con il mio dolore.

Se avessi saputo che nello scompartimento accanto al mio, atroce fatalità del destino, sedeva Henry con l'amico, una nuova fitta e una buona dose di paura si sarebbero aggiunte alla mia sofferenza. Ma mi venne risparmiata questa consapevolezza e così, quasi l'una accanto all'altro, noi due ci lasciammo portar via nella notte, verso due diversi destini.

Nei giorni successivi, egli s'accorse che ero sparita,

si disse: «Se n'è andata per cambiare aria, per vedere degli amici, ma la conosco, tornerà tra un paio di giorni, aprirà la porta senza far rumore, sarà l'alba, si spoglierà e scivolerà nel letto».

Ha atteso a lungo, inutilmente quel momento, lasciandosi andare in strane fantasticherie. Come prevedevo, Henry non si rassegnò facilmente alla mia scomparsa, mi inseguì per molti mesi, ma con risultati vani e rocamboleschi. Seppi che mi cercò dappertutto, anche sulle alture dei monti, mentre il sole picchiava forte.

E pensò alla morte, senza paura né magniloquenza.

Erano passati circa dieci mesi da quando ero fuggita e mi ero trovata a dover affrontare il mondo da sola. Dalla terribile notte in cui ero partita alla volta del mio destino, avevo fatto del mio meglio per provvedere a me stessa il più a lungo possibile. Ero al sicuro con te, mia cara Elizabeth, ti aprii il mio cuore, provando l'indescrivibile consolazione dell'amicizia. Ricordo che stavi facendo colazione in una splendida stanza con tanti comodi oggetti, sgranasti i tuoi grandi occhioni, pieni di allegria.

Ti dissi: «Lizzie, mia cara, non potrò mai dimenticare, né perdonare, la mia vita è avvelenata e la felicità è impossibile. Desidero solo un luogo sicuro e tranquillo in cui nascondermi e dove poter lavorare. Non avrò pace finché Henry mi inseguirà e lo farà finché troverà noioso l'inseguimento. Nessuno di noi due cederà e lui mi darà la caccia ovunque io mi nasconda».

Nel frattempo lo zio, dopo un'angosciosa malattia, era morto, dopo aver pagato tutti i debiti e aver riscattato la grande casa. E la sua morte, fortunatamente contribuì a disperdere le mie tracce con Henry, che mi aveva cercato anche lì.

Dopo un altro periodo trascorso in Svizzera, a Ginevra, in casa di parenti paterni, ritornai in Inghilterra. E per motivi di precauzione, andai a vivere in Cornovaglia da Molly e da sua madre Jane. Successivamente, mi trasferii a Londra con Molly per studiare, in un'altra casa, a Chelsea, che acquistammo assieme. Ripresi così gli studi universitari per laurearmi e alcuni corsi di recitazione all'Accademia, che già avevo iniziato a frequentare durante i primi anni universitari e che mi avrebbero dato la possibilità di una nuova vita e di portare il teatro nel mondo.

Capitolo quarto

Avevo ventisette anni. Mi sentivo perennemente alla ricerca di qualcosa, che non riuscivo a raggiungere!

Una sera ritornai a casa con Molly in stato di depressione. Mi ero accorta di aver perso un medaglione d'oro con brillanti e rubini, che la mamma mi aveva messo al collo da bambina, come ricordo del mio papà. Il prezioso oggetto mi aveva sempre incuriosita per la strana forma. Oltre al notevole valore materiale, quel gioiello aveva sempre rappresentato la mia famiglia al tempo felice: mamma, papà e il piccolo Thomas. Ora la sua scomparsa avrebbe forse anticipato la perdita di qualcosa ancora più importante? La mia intera esistenza stava, dunque, andando a pezzi, come se non fosse già bastata la terribile esperienza del mio matrimonio! Mi sbattei la porta alle spalle e mi gettai avvilita sul letto.

La stanza, in quel momento, sembrava soffocante e deprimente come il simbolo di una prigione emotiva, in cui mi ero andata a cacciare. Nella mia mente apparve l'immagine della mia mamma, che nulla sapeva dell'esito del matrimonio sfortunato, chiusa com'era in una clinica psichiatrica, e, riuscii a trattenere a stento le lacrime.

Molly aprì all'improvviso la porta e vedendomi in quello stato, esclamò: «Dio mio, cos'hai Chris. Cosa ti è accaduto?»

In pochi minuti eravamo entrambe fuori per le strade di Londra, facendo a ritroso tutto il cammino percorso in precedenza. Avevamo perso ogni speranza, quando in un angolo del ponte, sul parapetto lungo il fiume, vidi qualcosa brillare. M'inginocchiai lentamente e lì, proprio lì, al chiarore della luce argentea della luna, ecco il prezioso ciondolo!

Riuscii a trattenere a stento le lacrime. Lo afferrai, lo strinsi tra le mani e cominciai a esaminarlo come fosse la prima volta. E, proprio per la prima volta, notai che sul retro del medaglione dalla strana foggia, era inciso un disegno simile a un geroglifico con delle speciali iniziali R.R., ravvolte su di loro.

Come presa da sacro timore, lo baciai dandogli un valore nuovo, quasi il potere di guidarmi, affinché la mia esistenza fosse giusta e costruttiva, ne avevo perso la direzione ed ero a malapena consapevole. Come per magia il mio umore si trasformò, ebbi la percezione di sentire una guida interiore e, come nei momenti bui, avvertii una sensazione forte e al tempo stesso delicata. La mia mente opponeva una certa resistenza, ma confidavo nel potere di quella inconfondibile conoscenza interiore: ero certa che sarebbe accaduto qualcosa di importante e decisivo.

La chiamata non tardò ad arrivare. Ricevetti, infatti, l'incarico dall'università di andare a insegnare in India, a Nuova Delhi, essendo di madrelingua inglese, presso l'*Institute of Nort American Culture*. Sapevo che il mistero legato all'esistenza dell'uomo era più complesso di quanto dicevano i miei studi universitari di psicologia ed ero certa che la soluzione fosse nascosta in qualche angolo della dimensione spirituale della nostra stessa natura. Avevo, perciò, accettato di andare in India alla ricerca di informazioni sui guaritori indigeni e i loro metodi. Quella era la motivazione che avevo offerto agli amici e mi pareva una scusa plausibile per tutti coloro ai quali non potevo spiegare la mia profonda e irrazionale chiamata spirituale. Animata com'ero dalla consapevolezza che la chiave del mio futuro, e forse anche del mio passato, giacesse in quei posti lontani.

C'era una voce dentro di me, che mi diceva di scoprire il segreto della mia vita. È come quando sei in mare e senti che ci sarà l'uragano, lo temi, ma non puoi farci niente.

Era comunque vero che per la prima volta mi sentivo veramente libera, o forse stavo semplicemente cercando di sfuggire alle mie stesse aspettative in merito a chi ero e a che cosa avrei dovuto fare.

Presi, quindi, la decisione consapevole di utilizzare il mio intuito e vivere in maniera diversa.

Mi svegliai il primo giorno nella casa, dove presi a vivere con una coppia di amici, al forte aroma del caffé, un profumo che aveva sempre avuto il potere di rimettermi in sesto.

Avevo conosciuto Julie Wang ai tempi del liceo, a Londra, era molto amica di Molly e della sua famiglia, ed eravamo subito diventate amiche. Poi, lei aveva lasciato l'università di Londra, dove aveva studiato filosofia e religioni indiane e ayurvediche, per trasferirsi definitivamente in India. Ora ci eravamo ritrovate e dividevamo la stessa casa, in compagnia di una coppia di adulti.

Mi sentivo divorata da un'impazienza sempre più grande. Sentivo che avrei dovuto scoprire e imparare qualcosa, perché era ormai chiaro che non ero arrivata fin là solo per fare la turista. Forse era per quel motivo che ero saltata giù dal letto, appena sentito squillare il telefono: una parte di me sapeva che quella chiamata avrebbe posto fine ad anni di attesa! Bruscamente. E per sempre.

Gli inesorabili meccanismi del destino erano all'opera.

Non immaginavo però che quella telefonata avrebbe cambiato in modo irrevocabile il corso della mia esistenza, portandola su un sentiero di avventure mai vissute prima d'allora.

Julie rispose al telefono. Aveva gli occhi pieni di gioia e, guardandomi, disse: «Il guru, il santone più grande che io conosca, ti aspetta oggi».

Uscii sul balcone e guardai la montagna, mentre sotto, Mary e suo marito, Mike, nel cortile della loro enorme casa in stile spagnolo, se ne stavano seduti. Dopo trent'anni di matrimonio, quando passeggiavano insieme, si tenevano ancora per mano.

Sbirciai e li vidi seduti al sole su due sedie a sdraio, intenti a chiacchierare con quella dolce intimità che solo molti anni di gioia comune possono assicurare. Con una fitta di dolore, mi chiesi se anch'io avessi mai potuto provare niente del genere, e mi sforzai di soffocare quel desiderio, tornando a concentrarmi sul mio appuntamento con il guru, nel pomeriggio.

Mi sentivo libera, lontana da tutto ciò da cui volevo fuggire.

Uscendo fuori dalla città, Julie e io superammo la ripida salita di Chamal, il quartiere degli artisti, cercando di seguire le confuse indicazioni che ci erano state date.

Nel sobborgo vicino alla città, i cartelli stradali erano rari e i numeri civici non venivano quasi mai scritti sulle porte blu e verdi. Fummo, quindi, costrette ad avanzare basandoci quasi esclusivamente sull'istinto.

Ci inerpicammo per stradine lastricate di ciottoli, simili a vere e proprie scalinate, oltrepassando case stuccate di bianco e ingiallite dai secoli.

«Dev'essere questa!» disse Julie, davanti a una casa pitturata di fresco. Un balcone di legno si allungava sulla strada.

Le persiane erano aperte, e all'interno si intravedeva qualcuno che si stava muovendo.

Salimmo la scala di legno scricchiolante.

Un uomo, dal sorriso sereno, ci aveva accolti.

«È questa la casa del santone?» chiese Julie, ansiosa.

E l'uomo, facendoci attraversare una grande stanza, aprì un portone e s'intravide, in fondo, sotto un baobab dai grandi rami, nel mezzo di un campo simile a un deserto per la sabbia rossiccia e gialla, la strana figura. Snello e sicuro, di altezza media, era vestito di bianco da capo a piedi, aveva capelli lunghi e la barba sale e pepe.

Cerco di coinvolgerti nelle mie emozioni, Elizabeth, e di essere fedele al massimo.

Mi sentii talmente turbata alla sua vista da commuovermi. Lui, sorridendo, mi strinse con forza la mano, tenendola nella sua per alcuni secondi e fissandomi negli occhi con espressione attenta. Dimostrava una cinquantina d'anni, ma da quanto mi avevano raccontato Mary e Mike, sapevo che doveva averne almeno settanta. I capelli erano folti e brizzolati come la barba. Aveva gli occhi di un blu penetrante e la fronte ampia. Irradiava vitalità, e mi diede l'impressione di possedere una notevole forza tenuta a malapena sotto controllo. «Ti aspettavo» furono le sue prime parole, mentre il suo sguardo penetrante non mi abbandonava.

«È difficile tutto quello che ti aspetta, ma devi perseverare. I periodi della vita più difficili sono quelli che portano i frutti migliori». Mentre lui parlava, mi tornò in mente ciò che mi era capitato al momento in cui avevo ritrovato il medaglione perso. Avevo sentito dentro di me, insieme alla gioia, una voce imperiosa che mi aveva detto: «Se andrai in India, la tua vita cambierà per sempre».

Non essendo tipo da rifiutare le sfide, mi ero affrettata a rispondere di sì, ridendo poi di me stessa: avevo risposto a una voce interiore come se si fosse trattato di una conversazione vera e propria! Al suo fianco, Elizabeth, mi sentii piccola piccola e lui si allungò per abbracciarmi. Le sue labbra calde toccarono la mia fronte.
In quel momento il mio corpo si rilassò e smisi di piangere. Mi alzai. Ero stata accettata. Lo sentii con tutto il mio corpo. D'istinto e senza aprire gli occhi, mi girai verso un'enorme rovina, situata all'estremità opposta della vallata. Era una splendida cima verde che sembrava una piramide. Vidi mia madre, una bellissima donna dai lunghi capelli biondi inanellati che mi accolse sorridendo con calore e mi prese tra le braccia, accarezzandomi la testa e la schiena, chiamandomi figlia".

Poi, con un gesto carico d'amore, il guru accarezzò il medaglione. Le sue mani si misero a tremare e, con mia grande sorpresa, mi accorsi che aveva gli occhi colmi di lacrime.

L'ansia si era impadronita di ogni fibra del mio corpo

e della mia mente. Riaprì gli occhi e mi fissò: «Figlia mia, sei davvero fortunata. Il destino ti ha concesso l'opportunità di svolgere un compito difficile. A partire da questo momento, la tua esistenza non sarà più la stessa, perché hai deciso a livello inconscio di affrontare tutte le prove che ti aspettano».

Deglutii a fatica, per niente felice all'idea di dover affrontare altri pericoli, nonostante tutto il dramma della mia vita dolorosa vissuta sino ad allora.

All'improvviso le immagini e le sensazioni scomparvero, così come erano arrivate. Aprii gli occhi e mi ritrovai dinanzi a lui seduta sulla sabbia. Avevo l'impressione che fossero trascorsi solo pochi minuti, ma il mio orologio indicava le otto di sera.

Il mattino dopo, stesa nel mio letto, ripensai all'esperienza della sera prima come a uno strano sogno. Non avevo provato alcuna paura, al contrario mi sentivo molto meglio: profondamente soddisfatta, mi sembrava di avere sbrigato un compito che bisognava per forza portare a termine.

Ma quello era stato solo il primo incontro con il guru.

Avrei avuto bisogno di molti altri incontri ancora, prima di giungere alla verità, alla conoscenza. Era proprio vero, adesso era tutto chiaro. Avevo sempre creduto in un altro mondo, più sottile e al di là di quello materiale. Esiste davvero un mondo invisibile? L'avevo forse appena sfiorato? E se esiste, come funziona?

Quella sera, sola nella mia stanza, meditai sugli avvenimenti della giornata. Non c'era nulla di chiaro e mancavano risposte semplici e precise alle domande che mi assillavano la mente.

La nuova esistenza che stavo conducendo era eccitante!

Il mattino seguente, a colazione, stavo masticando pensierosa una fetta di pane caldo imburrato, quando vidi arrivare Julie, splendida come sempre: «Come stai, adesso?» mi chiese, abbracciandomi con calore.

«Non ho parole per ringraziarti» le dissi «ho passato la notte serenamente, sono certa di essermi imbattuta in qualcosa di molto importante, ma temo di non essere ancora pronta».

Julie mi stava ascoltando con la massima attenzione, lo sguardo fisso nel mio. «Mi sembra di capire che stai vivendo un momento particolarmente delicato» aggiunse, lanciandomi uno sguardo penetrante dai suoi bellissimi occhi.

Riusciva a leggere in me con grande facilità e, proprio per questa sua caratteristica, facevo un notevole affidamento su di lei.

Tutto ciò, insieme all'interesse che entrambe provavano nei confronti del mondo spirituale, ci aveva rese molto amiche.

Anime amiche.

«Raccontami tutto in ordine» mi chiese.

Mi misi a raccontare e mentre parlavo, mi sentivo sopraffatta da una strana sensazione. Il cuore mi batteva all'impazzata e qualcosa sembrava scorrermi giù per il braccio destro, come se un flusso di energia stesse attraversando il mio corpo per andare a concentrarsi sul palmo della mano destra.

«Questo medaglione» proseguì il guru, «racchiude in sé tutti i segreti della tua vita che non hai ancora scoperto. Qui dentro ci sono tutte le indicazioni che possono servirti per rovesciare esattamente il percorso della tua esistenza. Sul retro del medaglione c'è inciso un sole, che rappresenta Dio e al centro c'è un fiore della vita che incarna il mistero della creazione. Interpretando bene il medaglione, tu puoi ricomporre l'armonia perduta».

A suo parere, il medaglione era stato impregnato di una forza ultraterrena, che aveva la facoltà di infondere nelle gemme preziose un'energia in grado di guarire, fornendo la giusta ispirazione. Il ciondolo, così, aveva ricevuto a suo tempo la benedizione di sacerdoti e sacerdotesse più sapienti ed evoluti. La conoscenza di questi segni, aveva detto il guru, mi avrebbe rivelato il significato della mia esistenza, cioè il mistero della mia vita, la strada da intraprendere perché il proprio percorso potesse realizzarsi.

«Ma devi ritornare tante volte da me» proseguì il guru, il saggio Tahar «perché io possa conoscerti a fondo, e tu acquisire la tua indipendenza psicologica».

Durante quel primo incontro con il santone, avevo saltato d'un balzo gli anni più difficili per ritrovare la piccola selvaggia di un'epoca precedente e più felice. Era come se il mio subconscio mi avesse elargito immediatamente una ricompensa per incoraggiarmi a non desistere, a ritornare di nuovo nel passato. Ma riflettendo sull'accaduto, non potevo fare a meno di notare che, nelle immagini della mia mente, gli anni che erano seguiti, quelli vissuti insieme a mia madre, restavano come nascosti dietro a uno schermo invisibile. Temevo che se avessi permesso a me stessa di rivivere le sensazioni che quella bambina aveva tanto faticato a soffocare dentro di sé, sarei precipitata di nuovo nella vecchia e familiare ragnatela di solitudine e di invisibilità.

Per esempio, la vista di mia madre, che metteva a

fuoco tutte le sue risorse, giorno dopo giorno, il suo strano rapporto con mio padre, o meglio colui che io credevo fosse mio tale, e allo stesso tempo l'ansia di dovermi prendere cura di lei, io che ero ancora troppo piccola per badare a me stessa!

Mentre mi avviavo per il secondo incontro con il vecchio e saggio Tahar, pensai che il guru possedesse notevoli capacità di chiaroveggenza, che gli avevano permesso di impegnarsi nella ricerca della cosiddetta "memoria cosmica", intesa come i ricordi della natura.

Fissando il medaglione, all'improvviso egli gridò colto da un'illuminazione: «Sir Roland Robinson, ecco cosa significano le iniziali! Osservava le lettere che sono incise...» Non capii e rimasi in silenzio. Il religioso stava studiando l'amuleto e, a un tratto, sollevò lo sguardo e mi trafisse con una delle sue occhiate penetranti. Mi asciugai le lacrime, lo guardai un'ultima volta: i nostri sguardi racchiudevano una vita di speranze, di amore, di paura.

Il suo viso era bellissimo, emanava una dolcezza e un calore che non avevo mai provato. Fui assalita da un forte senso di speranza e da un'incredibile dolcezza nel cuore.

Ero giunta all'ultimo incontro con il guru, quello in cui mi avrebbe rivelato la verità. Ce l'avrei fatta?

Era lì che mi aspettava sotto il grande baobab, all'ombra dei rami che scendevano sino a terra, quasi ad accoglierlo come in una grotta.

«Diventare consci dello scorrere della propria consapevolezza è solo il primo passo» mi disse, «bisogna, poi, diventare registi e produttori del film della propria vita. Considera i tuoi pensieri e i tuoi sentimenti come un fiume... il fiume della coscienza. Se la corrente è fangosa, cioè se la tua vita interiore è grezza e grossolana, tu non riesci a vedere in profondità.

Devi quindi purificare le acque dei pensieri e dei sentimenti, introducendo tutto ciò che è buono, meraviglioso e sincero.

E questo porta a un'altra importante verità dell'esistenza: il nostro mondo interiore crea quello esteriore.

In pratica ciò che pensi, in base alla grande legge della materializzazione diventa reale, perché attiriamo nella nostra esperienza proprio le cose che visualizziamo.

Nessuno può sfuggire alle conseguenze dei suoi pensieri.

L'universo ci rivela di continuo i suoi segreti e, se disciplinata, la nostra vita emozionale è una lanterna, una specie di bacchetta magica con cui possiamo illuminare il cammino.

Perciò sii sempre attenta alla voce della tua interiorità!»

In quel momento, per me, il tempo e lo spazio erano scomparsi e a un tratto riuscii a vedere la sua anima che si stava rivelando a me. Con gli occhi colmi di lacrime, sbattei più volte le palpebre, una luce si formò intorno a me e io scorsi i lineamenti del suo volto, che presentava solchi profondi scavati dalla sofferenza.

«Tahar!» lo chiamai «sono pronta ad ascoltare tutte le verità che hai da dirmi».

«Perché non lo indossi?» mi chiese, indicando il medaglione che avevo in mano.

Quella domanda mi colse di sorpresa, perché era proprio quello a cui stavo pensando. Mi ero resa conto che fino ad allora avevo sempre tenuto il gioiello in tasca.

«Osserva bene le lettere che sono incise» mi disse «c'è scritto il nome di tuo padre. Ormai sei consapevole del fatto che ognuno di noi tira le fila del proprio destino e che spesso le cause delle circostanze in cui ci troviamo risalgono al passato».

Mi mise le mani sulle spalle: «Devi ascoltarmi con molta attenzione, si tratta di una faccenda molto importante, ascolta quello che sto per dirti!»

Un lungo silenzio seguì le sue ultime parole. Sedevo immobile con le mani intrecciate in grembo. Adesso sì, pensai, scoppierò a piangere. Da circa vent'anni la tempesta era esplosa nella mia vita, e ora la piena dei sentimenti non avrebbe potuto più trovare freno ormai. Avevo l'impressione di assistere a un dialogo tra padre e figlia, il padre che mi era sempre mancato. Con aria solenne, Tahar cominciò a dire: «Tuo padre non è morto, il tuo vero padre è vivo e non l'hai mai conosciuto! Il destino avverso vi ha portato lontano. Tua madre ha seppellito dentro di sé un terribile segreto. Ma non aveva scelta. È stata costretta. E questo è stato il motivo principale della sua follia. Tocca a te riscattare tutto il passato, adesso. È la verità».

Venni assalita da un dolore e da una tristezza opprimenti. Le lacrime mi solcavano il viso.

All'improvviso si aprirono due correnti di energia. Sentii una sensazione di beatitudine… amore… e la spinta di energia… due campi diversi, che si appartenevano ma erano stati separati da tempo e che, finalmente, si univano di nuovo.

Mi sentivo esausta.

Avevo provato forti emozioni e mi chiedevo quanto forte fosse il desiderio di trovare mio padre.

Sopraffatta dal bisogno di piangere, non potevo lasciarmi andare completamente perché Tahar, percependo la mia vulnerabilità emotiva, con un gesto carico d'affetto mi mise un braccio intorno alle spalle. A quel punto non riuscii più a trattenermi: mi lasciai cadere sulla sabbia e scoppiai in lacrime. Piansi per più di venti minuti. Tahar, dolcissimo, si limitò a sorridermi e a tenermi per mano finché, all'improvviso, mi sentii meglio. Appoggiai le mani sul tavolino accanto a lui e chiusi per un attimo gli occhi. La vastità della sua conoscenza mi aveva lasciato senza parole, e avevo l'impressione che sapesse molto di più di quanto mi avesse raccontato.

«Spesso le cause delle circostanze in cui ci troviamo risalgono al passato» riprese con calma.

«Ma io mi sento persa» continuai in tono sconsolato.

«Tu possiedi un potere superiore, questo potere è sempre dentro di te e al tuo fianco: invitalo a partecipare. Io ti sarò vicino. Ma non permettere alla paura di ostacolarti. Per sviluppare il coraggio, bisogna coltivare l'amore, che crea all'interno del nostro cuore un calice, in grado di contenere la forza divina. Ricorda, Chris, che l'amore rende possibile i miracoli».

Gli strinsi entrambe le mani.

«Grazie di tutto. Sentirò la tua mancanza» mi limitai a dirgli.

Venni, poi, assalita da una strana sensazione di familiarità ed ebbi la certezza di aver già incontrato Tahar in passato.

Mentre ritornavo a casa, meditavo sulle sue parole: «Non dimenticare mai che la luce è infinitamente più forte dell'oscurità. Quando ti ritrovi circondata dalle tenebre, diventa luminosa e cammina nello splendore della tua anima!»

Per gran parte della mia esistenza, avevano tutti approfittato di me, mio zio e il mio ex marito, Henry, che mi aveva ingannata e inseguita con la sua folle gelosia, per non parlare poi del dramma della mia famiglia e della mia infanzia. Le parole del guru mi commossero profondamente e, nel contempo, andarono a risvegliare una paura che nascondevo da tempo, il timore, cioè, di non riuscire a individuare e realizzare lo scopo della mia esistenza.

Per tutta la vita mi ero impegnata in tale senso, senza sapere se ci stavo o meno riuscendo. Ma solo con lui avevo avuto la certezza di trovarmi sul sentiero giusto, e il destino mi aveva portato in India. Mi misi a camminare senza una meta precisa e senza seguire una direzione, muovendomi solo per il gusto di farlo e per distrarmi dalla tensione delle mie lotte interiori. Ben presto mi ritrovai davanti a un tempio buddista indigeno. Avevo cercato il conforto di quella chiesa a livello inconscio, e non sapevo nemmeno se fosse l'atmosfera religiosa a far nascere in me un innegabile sollievo. Ero certa che quell'edificio fosse adatto alla preghiera.

Nel frattempo aveva smesso di piovere. La luce dorata e color ambra del tramonto cominciava a filtrare tra le nubi

La cortina di foglie verdi che quasi ricopriva la facciata della chiesa era irrorata d'oro, e in quel momento una decina di salici piangenti divennero sacri.

Avrei potuto restare là in eterno a fissare quegli alberi che placavano la mia anima sofferente.

Il cielo tornò quasi subito a oscurarsi, e quando cominciò a calare la notte, riprese a piovere, questa volta con grande intensità, al punto che temetti d'infradiciarmi.

Così provai a spingere la porta della chiesa, solida come una roccia. Girai la maniglia ed entrai.

Mi avvicinai all'altare e mi sedetti su una panca, quasi al centro. Chinai la testa e cominciai a pregare.

Nel mio cuore si diffusero una pace e un calore incredibili, il mio corpo si rilassò e la tempesta delle emozioni, che avevano imperversato in me, si placarono.

Capitolo quinto

Fissai la cima delle montagne fuori dal finestrino dell'aereo, sollevata al pensiero di avere un'intera fila di sedili tutta per me. Mi sentivo come una bambina costretta ad abbandonare la madre. Prima d'allora non mi era mai capitato di piangere andandomene da un posto in cui avevo vissuto per un certo periodo, nemmeno quando lasciavo la Cornovaglia, dopo la pausa estiva, che ero solita trascorrere con Molly e con te, Elizabeth. Avevo pianto per le persone, mai per un luogo o una terra. Molte cose erano ormai cambiate. Dopo essermi ripresa dallo sconvolgimento iniziale del mio incontro con il guru, avevo compreso fino in fondo il significato di quell'avvenimento. Esiste un mondo invisibile. Lo sapevo e il mio io interiore l'aveva sempre saputo. Davanti ai miei occhi si era aperto all'improvviso un universo del tutto nuovo, dove trovava posto anche la magia, e ciò rendeva ancora più doloroso il mio viaggio in America, la terra dove il materialismo regna sovrano.

Andandomene, mi separavo dall'unico posto in tutta la terra in cui la mia anima si era sentita completamente a suo agio.

Lasciai che le lacrime scorressero libere. Sapevo, ormai, me l'aveva detto il guru, che il mio corpo e il mio cuore appartenevano a quel lembo di terra. Sebbene la partenza fosse stata dolorosa, ero certa che sarei tornata, sentivo che era la mia nuova patria.

Mi asciugai gli occhi e rimasi a fissare le montagne, sentendo il contatto viscerale con la terra. Dall'altoparlante giunse la voce del comandante: «Allacciate, per cortesia, le cinture, le assistenti di volo si preparino per il decollo...»

Mi recavo a San Francisco per alcuni impegni teatrali assunti. Portavo in scena una commedia con una compagnia organizzata all'accademia artistica di Londra. Ci saremmo fermati un paio di settimane. Con me c'erano Julie e Sloane, una giovane medico, amica di Julie, che aveva vissuto molto in America. Tahar mi aveva detto che mio padre si occupava della salute degli altri, cioè era medico, e aggiunse: «Sii paziente e tenace, dovrai girare molto prima di incontrarlo. Ma non ti arrendere!»

Eravamo quasi alla fine della prima settimana di soggiorno a San Francisco e ancora niente di nuovo. Un mattino, mentre mi dirigevo verso un grande market, scorsi un manifesto su cui era scritto: «Congresso mondiale dei medici sulle nuove ricerche neurologiche». Il convegno avrebbe avuto inizio due giorni dopo. La notizia mi accese di tanta curiosità. "Chissà" pensavo "di quale settore mio padre si occupa". Tahar mi aveva detto: «Guarisce gli ammalati». Ero eccitata all'idea di quel convegno e non vedevo l'ora che iniziasse: forse avrei finalmente trovato mio padre. Ma ben presto il mio entusiasmo si trasformò in sconforto, mentre ascoltavo un relatore dopo l'altro. Nessuno aveva le iniziali, né tantomeno il nome di cui mi aveva parlato il guru. Alla fine di quella giornata mi sentii sconfitta.

«Sembri delusa» commentò una voce profonda dal chiaro accento inglese. Alzai lo sguardo e incrociai un paio di luminosi occhi di un intenso color nocciola.

«John!» esclamai «ma che combinazione» felice di rivedere un vecchio amico. Ci eravamo conosciuti verso la fine del secondo anno universitario a Londra ma, da alcuni anni, egli si era trasferito in America.

«Come stai?» chiesi.

«Sto bene, ma la conferenza è stata piuttosto noiosa. È un vero peccato che la persona che ne sa di più su queste cose non sia stata presente» rispose lui.

«Ti prego, dimmi come si chiama. Vedi, per me è molto importante saperlo per incontrarlo»

«Il suo vero nome non me lo ricordo» riprese John «ma si fa chiamare Richard Miller ed è il più famoso ricercatore, noto per una rivoluzionaria scoperta genetica infantile che ha restituito al mondo la speranza».

«Parlami di lui. Chi è questo Richard...?»

«Insegna qui a San Francisco, ma ora è a Los Angeles».

«Dammi il suo indirizzo, John» dissi con il fiato in gola.

John scarabocchiò un numero di telefono su un pezzetto di carta «Ecco. Chiamalo. Esponigli il tuo problema. Se non è in grado di aiutarti... non può farcela nessun altro!»

«Che Dio ti benedica, amico mio. Grazie mille, John».

Lo abbracciai con calore, stringendo in una mano il foglietto come si fosse trattato di un salvagente. Mi precipitai a casa e telefonai subito. Mentre digitavo il numero ero quasi sicura che non avrei trovato nessuno. Passavo, infatti, da un'esperienza negativa a una disillusione ogni giorno maggiore. Mi venivano dati indirizzi, nomi e riferimenti di illustri medici, ma di mio padre nessuna traccia. «Non lo troverò mai» mi dicevo sconsolata.

La delusione era sempre più scottante. Ma mi tenevo ancorata alle parole del guru Tahar: «Non arrenderti mai, perché lui è lì che ti aspetta, inconsciamente».

Mi sentivo più sollevata e, nonostante l'incertezza del futuro, decisi di mantenermi attiva dal punto di vista spirituale, cercando la bellezza offerta da ogni istante di vita e sforzandomi di percepire l'aspetto migliore di tutto ciò che mi circondava.

Quando mi capitava di rimanere sola, piangevo a dirotto, dando libero sfogo all'angoscia, al senso di colpa e alla nostalgia.

In questo modo le emozioni si purificavano: era uno stato d'animo che avevo provato in seguito ai più grandi dolori della mia esistenza, dopo che il tormento era cessato e restavano solo chiarezza, rispetto e gratitudine. Orgoglio e arroganza si erano dissolti, e la mia anima era umile, tranquilla, quasi serena.

Dal vuoto nacque, così, una nuova determinazione. Era qualcosa di fresco, vivo e sacro, la volontà di far parte di ciò che avevo provato negli attimi migliori della vita, quando mi ero immersa nell'amore, nella gentilezza e nella generosità di amici e parenti.

«Ricordati, Chris» mi diceva Tahar «lo scopo dell'esistenza è di acquisire conoscenza, intuizione e saggezza. Dobbiamo valutare gli avvenimenti basandoci sugli ostacoli che abbiamo superato. La vita ci è maestra, ma solo se impariamo a crescere grazie alle lezioni che ci offre. Conoscenza, saggezza e amore sono le ragioni per cui siamo venuti sulla terra».

Queste sue parole mi tornavano su, a galla, nella mente.

«La tua esperienza è un microcosmo che riflette ciò che sta vivendo l'intero pianeta. Se la tua mente è libera da qualunque sovrastruttura, oltre che da ipocrisie e finzioni, questi pensieri producono una vera e propria impressione sulla tua mente e sarai in grado di leggerla. È a noi stessi, infatti, che dobbiamo rivolgere tutte le domande, perché il maestro è dentro di noi. Preparati, Chris, a lasciare dietro di te i concetti logori e porta con te solo il medaglione… e il tuo spirito immortale».

Intanto le mie ricerche per ritrovare mio padre proseguivano. Tanti tentativi inutili, giornate intere a seguire indizi, partecipare a convegni che, alla fine, si rivelavano perfettamente inutili, con la naturale conseguenza di sentirmi prostrata ed esausta.

Julie e Sloane mi seguivano nel mio peregrinare, appassionate com'erano di viaggi e di avventure.

La paura e un senso di pericolo imminente avevano fatto allertare tutte le mie difese, e in quei momenti di smarrimento ricorrevo all'immagine del santone, del saggio Tahar e alle preghiere.

Una di queste volte, mi sentii avvolgere da una luce calda che penetrò il gelo della paura che fino a quel momento aveva attanagliato i miei organi interiori.

Per un attimo potei respirare di nuovo. Pregare era stata l'unica cosa che aveva potuto aiutarmi dal non avere paura.

Cominciai pian piano a lasciarmi andare e a riprendere le ricerche per trovare mio padre. E appena mi fui arresa a tale consapevolezza, mi sentii avvolgere da una sensazione di grazia.

La mia prospettiva cambiò. Invece di avere paura, mi

ritrovai calma e piena di volontà per affrontare altre prove.

Ricordavo le parole del guru Tahar: «La felicità non arriva dall'esterno, ma è una condizione dell'anima. Le emozioni esistono indipendentemente dagli oggetti fisici: noi indiani abbiamo imparato a non confonderli tra loro. Impara a coltivare i sentimenti che desideri, e ti renderai conto di aver meno bisogno dei beni materiali, e li otterrai non per possederli ma per apprezzarli.

Il segreto di ricevere sta prima di tutto nel dare e quello che ricevi è la conseguenza di ciò che hai dato.

Dona, quindi, liberamente, e riceverai altrettanto liberamente. Ricevere è l'effetto del dare. Tu puoi ottenere dalla vita solo quello che le hai dato. Dona, e ti verrà restituito.

Applica questa legge di causa ed effetto a ogni circostanza della vita e diventerai padrone del tuo destino». Questi i suoi insegnamenti.

Tahar era diventato per me lo spirito guida e senza i suoi precetti non ero capace di muovermi. Era un essere dotato di una saggezza maggiore di quella di noi occidentali!

Eravamo all'ultimo giorno: «Ascoltare è un'ottima cosa, se impari a farlo con attenzione senza emettere alcun giudizio, potrai entrare in contatto con la persona, a cui stai prestando attenzione. Guarda il cielo: non sono forse splendide le stelle?» Feci un cenno d'assenso, fissando la volta celeste che si intravedeva tra i rami degli alberi, chiedendomi a cosa stesse mirando il mio interlocutore.

Ero delusa come sempre, ormai, inutili e dispersive le peregrinazioni, ma non perdevo la speranza.

Mi lasciavo andare a certe immagini degli anni passati dell'adolescenza, quando la vana ricerca di mio padre mi faceva idealizzare quello delle altre, di Molly, di Julie.

Poiché non avevo un punto di riferimento affettivo, loro rappresentavano la mia famiglia. Erano amorevoli. Protettivi. Andando a casa loro, spiavo i genitori delle mie amiche e pensavo: «Scommetto che è un padre meraviglioso».

Ma, certamente, non ero la sola: non avere un padre succede a milioni di bambini e ci sono anche molti modi per averne uno, a volte il proprio, a volte qualcuno che non sai chi sia, ma che è sempre lì.

Quella sera eravamo nella sala dello Sky Bar dell'hotel Mondrian di Los Angeles, io Julie e Sloane, quando improvvisamente: «Sloane, mia cara, cosa ci fai a Los Angeles?»

«Jennifer, che sorpresa » rispose Sloane con aria felice.

«Ti presento le mie amiche, Christine e Julie».

Strette di mano, qualche risata, gli aggiornamenti sulle nostre reciproche vite e, poi, disse Julie: «Jennifer è un medico molto bravo che ha vissuto diversi anni qui, ma ora lavora a New York». Fu un lampo nella mia mente. Chiesi aiuto a lei, prospettandole il mio problema.

«Ma certo, lo conosco bene» fu la sua risposta «abbiamo per un po' di tempo lavorato assieme come ricercatori all'Institute Mondial Cancer di S. Francisco ma ora vive a New York. Ed è assai famoso per aver dato vita a una rivoluzionaria scoperta genetica per sconfiggere le leucemie infantili e aver ridato la speranza a moltissimi bambini».

Rimasi senza parole. Jennifer scarabocchiò un

numero di telefono su un pezzo di carta. Ecco. Chiamalo direttamente.

«Non posso farcela» risposi, «non sono in grado, ma solo tu puoi aiutarmi e nessun altro! Grazie, Jennifer».

La abbracciai con calore, il mio calvario era finito.

Mi precipitai a casa e telefonai subito. Mentre digitavo il numero, il cuore mi batteva all'impazzata.

«Hello» rispose una voce all'altro capo dell'apparecchio.

Ero così sorpresa che non sapevo più cosa dire.

Non mi ero aspettata di poterlo rintracciare così facilmente.

Avevo indubbiamente trovato situazioni più difficili, complicate e… inutili. Ora mi si offriva tutto in una maniera tropo semplicistica. Nonostante tutte le lunghe e vane ricerche, tuttavia, mi sembrava ora, di averlo rintracciato facilmente.

«Io… io… mi dispiace disturbarla» balbettai.

«Non è un disturbo. Come posso aiutarla?» mi rispose in tono gentile.

«Lei non mi conosce… Io mi chiamo Christine, sono un'amica di Jennifer. È stata lei a darmi il suo numero di telefono. So che è molto impegnato … ma mi sentirei più a mio agio se potessimo incontrarci di persona».

Mentre parlavo ero certa che stesse vedendo com'ero arrossita.

«Certo» rispose «sarà meglio di persona. Potremmo trovarci a Manhattan alle sei».

«Sarà un vero piacere» risposi.

La conversazione si era svolta in maniera spontanea, e mi sentii subito sollevata. L'aereo era da poco atterrato da Los Angeles a New York e avevo, a malapena, il tempo di mangiare qualcosa e percorrere la strada che portava all'appuntamento.

Arrivai pochi minuti dopo, senza fiato.

Indossavo una giacca color caffellatte e avevo i lunghi capelli sciolti sulle spalle.

Seduto al Mandarin Oriental, un locale sopra i grattacieli di Manhattan, c'era un signore con la barba brizzolata e grandi occhi blu.

Dimostrava circa cinquant'anni.

«Papà» osai con voce tremante.

«Sì, Christine, sono io».

Mi strinse forte a sé. Mi sedetti accanto a lui, leggermente a disagio e mi sentivo in una posizione di svantaggio, perché quell'uomo possedeva qualcosa di cui avevo disperatamente bisogno: la protezione. Quando mi sorrise, i suoi occhi chiari brillarono. Aveva uno sguardo forte e diretto. Sentivo il suo equilibrio. E il mio cuore cominciò a rilassarsi. Egli sembrava percepire la mia tensione. Mi fissò con i suoi occhi grandi e seri: «Figlia mia» e mi strinse in un abbraccio fortissimo.

Per pochi istanti mio padre era riuscito con maestria a farmi uscire da uno dei miei blocchi più grandi. Avrei voluto gridare per la contentezza e al tempo stesso piangere.

Lo sapevo, lo sentivo! Il guru me lo aveva detto e dentro di me avevo sempre avuto la certezza che ci fosse qualcosa di molto importante nella mia vita che io ancora non conoscevo.

«So tutto, Christine, mi ha spiegato ogni cosa Jennifer, che ho conosciuto qui a New York, alcuni anni fa, e ha collaborato a uno studio di ricerca. Ma allora non sapevo niente, non avevo la minima idea di tutta la mia storia. Non sapevo neppure di avere due figli grandi!» Poi proseguì: «È tutto molto lungo e complicato! Bisogna che tu mi ascolti attentamente».

Fu allora che intravidi al suo collo qualcosa che luccicava: esattamente l'altra metà del medaglione che a me mancava per ricomporne l'unità, nel mosaico di brillanti e smeraldi e, sul retro, di geroglifici, tagliato in due parti e raffiguranti la faccia del sole.

Il talismano della mia salvezza, l'amuleto della felicità, la verità della mia vita. Tutto era contenuto in esso.

Tutta la mia vita era scritta in quel medaglione e, grazie a Tahar, ero riuscita a trovare la mia vera strada.

Egli stesso volle mettermi al collo l'altra metà del ciondolo che, così, incastrato e chiuso con un piccolo schiocco, era ritornato a essere intero, unico, dopo aver compiuto la sua delicata missione! E mentre me lo metteva al collo, ebbi la sensazione che la nostra vita stesse cominciando da lì. E pensare che l'avevo perso quella sera, a Londra, lì: sul parapetto lungo il fiume. Lì dove l'avevo ritrovato, dove era ad aspettarmi!

In pochi istanti, mio padre era riuscito a rilassarmi, a farmi uscire da uno dei miei blocchi più grandi: la paura.

Cominciai così a raccontargli ogni cosa, il dramma della mia vita, la morte di colui che credevo fosse mio padre, la follia di mia madre, il distacco dal mio fratellino Thomas, l'inganno del mio matrimonio.

Mio padre mi ascoltava con grande attenzione, prendendomi molto sul serio. Dalla sua espressione si capiva che non era né sorpreso né stupito e che comprendeva tutto ciò che gli stavo dicendo. Mi resi conto che gli stavo parlando da oltre un'ora, sempre con lo stesso entusiasmo.

E, prendendomi la mano e con sguardo penetrante, diceva: «È fantastico tutto quello che ci aspetta, anche se le sofferenze rimangono incancellabili».

Osservandolo, mi pareva così potente, diverso dall'aspetto vulnerabile che aveva l'altro, che io avevo creduto fosse mio padre, così da provare con lui sempre un senso di insicurezza. Ora, invece, la mia paura svaniva e senza ulteriori indugi, spalancai le braccia e l'attirai a me, sul mio cuore. L'abbracciai e, con lui, abbracciai quella parte della mia stessa ombra, completamente, teneramente: mio padre. Con gli occhi pieni di lacrime, riuscii a percepire la più vasta sensazione di compassione e di perdono, per mia madre e per colui che credevo mio padre. Allora chiusi gli occhi, cercando di svuotare la mente e sperando che si manifestasse un ricordo nel mio inconscio. Un istante dopo, in maniera del tutto spontanea, cominciai e ricordare un momento vissuto da bambina, durante il quale avevo sentito esplodere in me una forza di vita... la pura gioia di essere viva.

Mi lasciai andare al ricordo, permettendogli di calmarmi.

Appoggiai la testa sulle spalle di mio padre e, condividere in silenzio tutto ciò con lui, fu splendido. Provai nei suoi confronti una sensazione meravigliosa, mai accaduta prima.

Nella mia coscienza si affollarono splendide immagini di natura: davanti ai miei occhi passarono magnifiche vallate verdi, fiumi d'argento ed enormi vette, come se io avessi potuto guardare tutto dall'alto e sentirmi padrona dell'universo e di tutta la natura. Cercai, allora, di immaginare i miei genitori uniti in un atto d'amore, anche se non avevo mai visto mia madre scambiarsi un gesto affettuoso con colui che credevo fosse mio padre.

Respirando a fondo, lasciai che la mia mente viaggiasse a ritroso nel tempo, fin dove potevano arrivare i miei ricordi.

La mia attenzione sembrò bloccarsi a certi eventi traumatici e drammatici del mio passato. Tutto ciò mi permise di viaggiare ancora più indietro nel tempo, come se il mio passato fosse una sorta di coda gigantesca che mi teneva incatenata al presente.

All'improvviso la mia consapevolezza si spostò, e io ebbi l'impressione di fluttuare libera sopra la terra. Provai una gioia sublime e infinita e, abbassando lo sguardo, mi sentii attrarre da una giovane coppia: entrambi erano intelligenti e di bell'aspetto e sembrava che io stessi comunicando direttamente con loro. Incredula, mi resi conto che si trattava dei miei genitori! Ricordai le parole di Tahar: «Li visualizzerai insieme, ai tempi del loro amore».

E mentre vedevo i miei genitori come mai mi era successo in precedenza, due anime in uno stato di purezza e bellezza complete che io, per miracolo, per destino e per mia determinazione, riuscivo a ricongiungere dopo anni di sofferenza, avevo il viso bagnato di lacrime. Ognuno dei due vedeva la bellezza dell'altro, e si unirono spontaneamente in un abbraccio carico di amore.

Aprii gli occhi e incontrai lo sguardo luminoso di mio padre, il quale iniziò a raccontarmi tutta la storia della sua vita.

Parlò per ore e la sua voce era ridotta a un sussurro.

Seppi dell'amore che legava lui e la mamma, che avrebbero dovuto sposarsi e come egli fu vittima di un piano criminale. «Fui rapito da una banda di truffatori che volevano impossessarsi del risultato di una mia ricerca di laboratorio di medicina sulla scoperta di una molecola particolarmente importante nel settore delle neuroscienze per la cura di molte gravi malattie degenerative del sistema nervoso centrale e periferico. Anni passati tra file di provette e solventi. Successi e delusioni.

Una scoperta di laboratorio mirata e che i criminali volevano estorcermi per farne un uso diverso: distruggere migliaia di persone a loro piacimento per forti interessi economici.

Un'arma, in pratica, di distruzione, una sostanza che agisce sul sistema nervoso centrale. Questo volevano da me.

Mi tennero prigioniero in un seminterrato

"Mi dispiace molto vederla in queste condizioni, mi creda" disse il capo della banda, "mi hanno detto che lei è un idealista, dottor Robinson, ma mi consenta di dubitare. Perché noi pensiamo, invece, che lei vuole prendersi gioco di noi e che voglia tenersi la sua scoperta soltanto per sé".

"Tu devi essere pazzo. Ti rendi conto di cosa si tratta? Una reazione chimica che modifica la stessa aria che respiriamo, se usata in dosi massicce. E nessuno potrà fermare tale reazione, perché innesca un meccanismo a catena, è come un fuoco incontrollabile che ti brucia dentro e ti soffoca. Milioni di persone morirebbero ogni giorno! E per farlo basta un fanatico per una manciata di dollari. Io preferirei morire sotto la più crudele delle torture piuttosto che dare a te o alla banda lo strumento per uccidere milioni di persone. Non avrai mai da me quella formula, mai" risposi indignato.

"Ma lo credi davvero, dottore? No, no, no. Ci sarà un modo per farla ragionare. Quest'affare è troppo importante".

E, estraendo dalla tasca una fotografia di Virginia, me la sbandierò sotto il naso: "Hai tempo quarantott'ore! Tra quarantott'ore quella formula dovrà essere assolutamente nelle mie mani. Se vuole rinfrescarsi la memoria, qui ha tutto quello che le serve, ma deve fare in fretta perché se non avremo in mano la formula per lunedì, quello stesso pomeriggio procureremo una specie di incidente alla sua fidanzata e ai suoi cari.

Non ci metta alla prova, dottore, mi creda sulla parola, perché altrimenti se ne pentirà amaramente. Noi le forniamo tutto quello che le servirà, luce e calcolatori. Ora si metta al lavoro.

È tutto se non vuole avere rimorsi sulla coscienza".

Andarono via chiudendomi sotto chiave.

Caddi nella disperazione, Christine, piansi come un bambino, poi mi ripresi, dicendomi: "Devo fare qualcosa a tutti i costi".

E pregando come non mai la Vergine Santissima, m'illuminai di colpo. Sì, non era un sogno, l'avevo con me.

Nel mini taschino del gilet, avevo una piccola matita computerizzata che emetteva un segnale di aiuto in caso di necessità, regalo portatomi dall'America da un carissimo amico che lavorava nei servizi segreti di Stato. Il piccolo computer, oltre al pericolo, segnalava anche la località. La mia vita e quella di Virginia erano in quel minuscolo oggettino e nelle mani di Dio!

Fu così che venni salvato nottetempo da Frank. Insieme, lasciammo Londra per raggiungere l'America.

Decisi così di sparire e portare a termine, all'estero,

la mia ricerca in un ambiente protetto, e dare al mondo la speranza.

Mi credettero morto in seguito a un incidente aereo, in cui per errore fu fatto il mio nome ma, in cambio della mia sofferenza, avevo evitato ai miei cari terribili rappresaglie e vendette.

Ma non sapevo che tua madre fosse in attesa di te, Christine, e di tuo fratello Thomas!» disse con amarezza.

Mentre raccontava, i suoi lineamenti si erano fatti più dolci. Ogni tanto si interrompeva per quello che mi sembrava una eternità! «Una parte di noi, però, non guarisce mai. Eppure, dopo aver vissuto una simile tragedia» disse, «il mio cuore si è aperto alla realtà del paradiso».

Chinai la testa, incapace di parlare.

Il mio rispetto per lui era infinito.

Poi aggiunse: «Virginia, tua madre riacquisterà interamente la sua salute dopo avermi ritrovato. Ne sono certo. Io sono un neurologo di grande fama, ho studiato a fondo questo tipo di malattia, che molto spesso nasce da scompensi psicologici, da stati di shock e di traumi vissuti. Ho scoperto dei farmaci speciali, che me la restituiranno integralmente. La vita è dura e difficile e siamo chiamati a molte prove. Ma la ricompensa per chi risolve il mistero di una malattia rappresenta la gioia suprema».

Avevo sempre sperimentato la mia crescita attraverso la sofferenza, nel corso della quale mi ero resa conto che per me il sentiero della vita era sempre stato legato alla lotta.

Incapace di soffocare più a lungo le mie emozioni, scoppiai in singhiozzi irrefrenabili per tutti gli anni persi in cui non l'avevo conosciuto. Pensai a mia madre, giovane, bella e sofferente. Chissà quanto aveva sofferto e… in silenzio. Custodire dentro di sé il segreto della paternità, assegnandoci un altro padre per il nostro bene! Chissà come aveva fatto a convivere con la menzogna. E questo inganno l'aveva portata lentamente alla follia! La ringraziai, dentro di me, per la possibilità che avevo di respirare, assaporare, vedere, sentire e toccare con il cuore. Avevo l'impressione di essere sul punto di esplodere, di mettermi a gridare o cantare, ma riuscii solo a piangere e sospirare.

I nostri occhi erano bagnati di lacrime, i nostri sguardi si incrociarono, ci rivolgemmo un cenno d'intesa, riconoscendo che stavamo provando lo stesso intenso dolore e la bellezza di un rapporto ritrovato dalla nascita, il rapporto più bello: quello tra padre e figlia. Non parlammo perché non era necessario.

Ma pensai a mia madre, sapevo che, per involontaria causa sua, mi ero cacciata nei guai più tremendi, sempre, troppo orgogliosa per chiedere aiuto, per ammettere di avere sbagliato o di avere bisogno di qualcuno. Osservando mio padre, mi dicevo: «Abbiamo lo stesso sangue, lo stesso sguardo, l'aria decisa, la forza di vivere, persino le stesse piccole rughette, che tradiscono qualche dramma, la bellezza propria di chi ha vissuto più degli altri».

Decidemmo di trascorrere il weekend nel suo ranch, fuori New York e ci ritrovammo padre e figlia per alcuni giorni meravigliosi. Andammo a cavallo insieme. L'equitazione è uno sport speciale, suscita sentimenti molto forti, unici, quasi inquietanti, come avevo provato molto spesso, in Cornovaglia, in Inghilterra, durante i mesi estivi. Ricordo che riuscii a partecipare a numerosi concorsi ippici a ostacoli.

Ero anche molto spericolata e mi sentivo destinata a competere ad alti livelli. Ma, un giorno, ebbi un grave incidente, e le mie ambizioni equestri si assopirono. Forse per l'emozione, caddi per l'ennesima volta sotto gli occhi di mio padre, che mi curò come fossi ancora una bambina.

Furono giorni indimenticabili in cui egli mi offrì tutto il suo amore profondo, restituendomi così le sue radici e la sua origine. Un rapporto magnifico che mi era mancato per troppi anni. Ricordo che, nei lunghi anni della mia adolescenza, cercavo negli occhi degli uomini che incontravo lo sguardo di mio padre. E forse per questa ragione sono diventata una specialista della fotografia. La passione mi nacque da bambina, quando per il mio settimo compleanno ricevetti in regalo da mia madre, l'ultimo suo regalo, la prima macchina fotografica. Il mio obiettivo si concentrò subito sulla tata, sui cani di casa, su Molly, su di te, Elizabeth, quando c'eri.

E con l'occhio estatico del bambino che a ogni sguardo scopre un frammento di mondo, ho collezionato una serie di immagini, ho raccontato me stessa e la mia vita, la spensieratezza della gente, le bellezza dei paesaggi inglesi, l'humus di cui si è nutrita la mia creatività, un mezzo per sfidare il tempo e la morte. Capivo, in pratica, che per sfuggire alla realtà, dovevo costruirmene una fittizia, dove potevo far succedere ciò che davvero volevo.

Mio padre non potè tornare subito a Londra con me. Aveva molto da fare con il suo lavoro e i suoi pazienti, motivi che non gli avrebbero consentito di lasciare di punto in bianco la clinica affidata alla sua direzione.

Io, invece, dovevo rientrare per gli impegni presi con il teatro, per portare in scena la commedia a Londra e dintorni.

Molly, che nel frattempo era rientrata, sarebbe stata all'aeroporto di Heatrow ad aspettarmi. Avevo molte cose ancora da raccontarle!

Capitolo sesto

Com'era diverso questo volo da quelli precedenti. Che sensazione di leggerezza e di infinita gioia! Questa è la vita.

Con estrema lentezza, noi passeggeri, stretti uno accanto all'altro e quasi schiacciati dal bagaglio, ci apprestavamo all'uscita. Londra, la mia città natale, mi sembrò ancora più bella. Ora avrei potuto rivedere mia madre, che mio padre avrebbe curato per liberarla dalla malattia, e Thomas, il mio adorato fratellino, sarebbe ritornato dalla Scozia per vivere con noi.

La mia famiglia, finalmente ricostituita!

Intanto, già vedevo Molly in lontananza e mi sbracciavo a salutarla con mille gesti significativi. Dopo pochi mesi sarei ritornata con lei in India, a Jaipur, dal guru. Avevo bisogno di lui, avevo bisogno di ringraziarlo, di mettermi al suo servizio, lui che mi aveva ridato la vita. Con Molly e con gli amici facemmo un po' di baldoria quella sera e poi ci mettemmo a parlare sino all'alba. Ma il giorno dopo mi recai sul parapetto, là dove in mezzo scorre il fiume e dove avevo rinvenuto il medaglione: quel posto era la mia fortuna.

Mi sedetti tenendo lo sguardo fisso sull'acqua, che correva vorticosa, simile a un enorme serpente in continuo movimento per la sua forza imponente e per la sua bellezza selvaggia. Cercai di respirare l'aria e assorbirne lo spirito: una forza immensa, un muro vivente di potere grezzo e selvaggio. Sentii il suo amore per me, mentre scorreva felice, simile a un bambino che tende la mano per toccare con amore, con grazia e potere quella della madre.

Mi chiedevo felice: «Sarà tutto vero o è un sogno?»

Io che avevo vissuto una realtà ben diversa, che conoscevo il dolore della disillusione, che è il prezzo della speranza.

Ora stiamo navigando verso l'India. L'ho promesso a Tahar. È una crociera con Molly, com'era suo desiderio, per vivere giornate di relax. L'atmosfera è stata piacevole sin dalla partenza nel porto di Londra.

Nel corridoio, altri passeggeri si stavano avviando verso la sala da pranzo. Io ero ferma. Lo specchio riflesse l'immagine del mio viso. Avevo le guance leggermente arrossate per aver trascorso la mattina a leggere sulla sdraio del ponte superiore, così decisi di non passarmi neppure l'abituale sottile velo di cipria. Mi limitai a darmi una spazzolata ai capelli biondi, che mi arrivavano alle spalle e mi sistemai il cappello chiaro, in tinta con il completo di lino. Pronta e con un ultimo sguardo al mare azzurro che si vedeva fuori dall'oblò, lasciai la cabina, chiudendomi lentamente la porta alle spalle. Le prime ore del pomeriggio sulla nave, di solito, sono dedicate al riposo, ma io non avevo voglia di andare a dormire. Avevo scoperto che era divertente girare per la nave tra i saloni deserti e immersi nella penombra rinfrescante, o fuori sul ponte sotto la tettoia che proteggeva dal sole cocente, quando gli altri passeggeri si erano ritirati nelle cabine.

Decisi, infatti, di uscire sul ponte e mi appoggiai contro il parapetto bianco della nave. Ci trovavamo, ormai, in pieno oceano e dovunque spaziassi lo sguardo, non si vedeva che azzurro.

Intenso, quasi blu, quello dell'acqua profonda e limpida del mare, più caldo e velato da una caligine di calura quello del cielo. Molly era in cabina a riposare e io rimasi a guardare giù, dove la prua alta e affilata della nave spartiva l'acqua in due sbaffi di schiuma che scivolavano lungo i fianchi e si disperdevano all'indietro, creando una scia bianca e spumeggiante. Le increspature del mare, in avanti, scintillavano argentee sotto i raggi del sole, in uno sfavillìo continuo, che feriva gli occhi. Non era possibile resistere oltre al riflesso abbagliante del sole. Meglio rientrare.

Andai in uno dei saloni. Anche lì non c'era nessuno.

Mi lasciai cadere in una morbida poltrona di pelle nella penombra rinfrescante della stanza. Rimasi un attimo incerta, guardandomi attorno. Questa volta ero davvero sola.

Le poltrone e i divani disposti nel salone erano tutti vuoti e il pianoforte posto in un angolo, proprio davanti a uno degli oblò, sembrava ammiccarmi invitante. Alla fine mi lasciai tentare, mi alzai e presi posto sul basso sgabello girevole davanti allo strumento. Lo aprii e passai veloce sui tasti le mani agili ed esperte, traendone un accordo. Soddisfatta, alzai il viso alla ricerca di un'ispirazione e presi a suonare. Non avevo udito alcun rumore, né avevo intravisto alcuna ombra dietro di me, eppure a un certo punto avvertii una presenza alle mie spalle, come se qualcuno mi stesse osservando. Lasciai i tasti e la musica cessò di colpo, rompendo l'atmosfera magica che si era creata. «Non si interrompa, la prego», la voce che pronunciò quelle parole non era di certo quella del cameriere, che avevo visto un momento prima. Era dolce, calda, e aveva un tono basso e quasi musicale, in armonia con le note del pianoforte, come non ricordavo di avere mai udito. Lentamente mi girai a vedere chi avesse parlato. Dovetti alzare lo sguardo: l'uomo che stava in piedi a pochi passi da me era molto alto, incredibilmente bello.

«Non intendevo disturbarla» lui mi sorrise con gli occhi nerissimi, belli e come senza fondo, in cui sembravano racchiuse infinite espressioni.

«Passavo nel corridoio quando ho sentito la musica che usciva da questa sala e sono entrato a vedere chi trattava il pianoforte con così suprema maestria. Era Chopin, vero?»

Annuii, senza staccare gli occhi da quelle scure profondità che continuavano a guardarmi intensamente.

Non erano semplici occhi... Non potevano essere occhi qualunque quelli che mi stavano avvolgendo interamente.

Mi girai ancora verso il pianoforte e ripresi a suonare, esattamente dove avevo interrotto pochi istanti prima. Il cuore, però, sembrava volermi uscire dal petto, tanto batteva forte. Riuscivo a sentirlo sopra la musica ed ebbi quasi timore che anche lui, che continuava a guardarmi, potesse accorgersene. Silenziosamente l'uomo si era seduto su una poltrona poco discosta dal pianoforte.

Sembrava gustare la musica, mentre con lo sguardo non m'abbandonava.

«Mi permetta di ringraziarla». La voce di lui, la stessa voce calda e morbida di prima, mi giunse anche sul ponte.

«E di cosa?»

Sedetti su una delle sdraio all'ombra e alzai gli occhi sul giovane.

«Di aver suonato per me».

Aveva i capelli del colore degli occhi, notai senza volerlo. Anche le sopracciglia erano scure, perfettamente disegnate: due tratti fieri e decisi che mutavano a ogni espressione diversa del viso. La pelle era di un colore leggermente ambrato. Non era inglese, anche se vestiva un completo in lino di taglio decisamente londinese e di ottima fattura, e parlava con un perfetto accento di Oxford.

«Non deve ringraziarmi» mi sforzai di sorridere.

Mi riusciva difficile comportarmi normalmente davanti a quell'uomo.

«A me piace suonare il piano» spiegai.

«Lo fa veramente bene» lui mi sorrise di nuovo con gli occhi.

«Grazie».

Era il secondo complimento che mi faceva, e ne fui lusingata. «Posso sedermi accanto a lei?» chiese il giovane.

«Prego» e gli indicai la sdraio vicina e lui si sedette.

Per un lungo attimo rimanemmo in silenzio, senza guardarci, con gli occhi puntati al mare, che sembrava perdersi all'infinito, ognuno assorto nelle proprie emozioni.

«Non è la prima volta che si reca in India, vero?» mi domandò.

«No, infatti. Da cosa lo deduce?» volli sapere.

«È un'impressione» rispose lui.

«Indovinato. Ci venni a due anni con i miei genitori, poi sono ritornata tre mesi fa e questa è la terza volta. Ma sono nata e ho studiato in Inghilterra».

«Anch'io sono stato in Inghilterra a studiare» spiegò, «conosco bene Londra. Manco dall'India da otto anni! E in realtà questi otto anni a Londra sono volati, forse perché li ho vissuti intensamente. Ma ora che mi sto avvicinando alla mia terra, ne sento la mancanza forse più di prima, e sono impaziente di arrivare».

«È buffo» dissi dopo un po', come seguendo il filo dei miei pensieri. «Provo la sua stessa sensazione e, per tante ragioni, che lei non sa, mi sembra quasi di tornare a casa, come se la mia patria fosse l'India e non l'Inghilterra».

Ancora quello sguardo intenso, carico di mille emozioni...

Mio malgrado ne fui nuovamente turbata.

Era la prima volta che un uomo mi guardava in quel modo e si rivolgeva a me con simili parole, eppure sentivo che non vi era da parte sua mancanza di rispetto o sfrontatezza.

Per quanto mi sembrasse misterioso, specie quando appariva così all'improvviso e silenzioso dietro di me, sentivo come per istinto che era sincero quando mi si rivolgeva.

Bastava guardarlo negli occhi per esserne sicura: erano specchi trasparenti dell'anima, come se attraverso di essi io potessi giungere a guardare fino nel profondo del suo cuore. Anche di questo ero turbata!

Non mi era mai capitato di incontrare un uomo così aperto, che non esitava a rivelarmi in modo così disarmante quella parte delle proprie emozioni, che di solito si tengono gelosamente nascoste.

Anche quelle pause di silenzio che spesso cadevano fra noi, non erano ingombranti o imbarazzanti, come di solito avviene.

Erano invece del tutto naturali e spontanee, anche se continuavo a sentire che il mio cuore reagiva in maniera bizzarra alla vicinanza del giovane. Eppure non avrei voluto andarmene.

Ci fu un lungo silenzio, riempito da una dolcezza che portò con sé una gioia indefinibile.

«Ognuno di noi sa» mi diceva Tahar «che non esistono parole in grado di descrivere l'esperienza e il mistero dell'amore.

Se troviamo l'amore nel profondo del nostro cuore, non esiste separazione: il tempo e la distanza si dissolvono, e la morte, forse è un'illusione. Ricorda, Chris» continuava «solo un sentimento carico d'affetto, può creare la soddisfazione. La felicità appartiene a chi ama con il proprio cuore. E per giungere a questo, ognuno deve prima conoscere se stesso: solo in questo modo può dare vita a una relazione illuminata!»

Il salone da ballo della nave era già affollato, quando feci il mio ingresso.

«Tutti gli occhi sono puntati sulla tua figura snella, messa in risalto dall'aderente abito da sera di seta nera, che mette in evidenza la tua classe, Christine» mi sussurrò Molly.

L'abito lo avevo scelto a Londra, poco prima di partire.

Era semplice, senza fronzoli, con la profonda scollatura sul davanti che, diceva Molly, rivelava la forma perfetta del seno e la vita molto sottile. Le spalle nude erano abbronzate dal sole preso in quei giorni e anche il viso aveva perso l'abituale pallore.

Gli occhi verdi, dello stesso colore degli smeraldi del prezioso collier che mi pendeva dal collo, splendevano sorridenti, mentre i capelli mi aleggiavano intorno al viso morbidamente.

Ai piedi indossavo dei semplici sandali dorati, rivelando le sottili caviglie. Avanzai consapevole degli sguardi di ammirazione e mi diressi verso Molly, che, nel frattempo, era andata incontro a degli amici.

Il ballo fu preceduto da uno spettacolo affascinante.

La pista fu raggiunta da una splendida donna vestita di rosso rubino, che iniziò a ballare come una danzatrice orientale del ventre. Indossava un velo e braccialetti dorati sopra l'abito trasparente, che metteva in mostra lembi seducenti della sua pelle. La donna, sensuale, si muoveva con l'agilità di un animale selvaggio. Aveva saputo creare un'atmosfera speciale fatta di morbidezza e di amore. Ma ebbe appena terminato il suo spettacolo che, l'orchestra attaccò a suonare e il comandante sbarrò la strada a me con un inchino galante. Era un bell'uomo sui cinquant'anni, dal volto severo e dagli occhi scuri.

Quella sera, in occasione della festa di fine viaggio, poiché la mattina dopo avrebbero attraccato a Calcutta, aveva indossato l'uniforme di gala.

«Come comandante di questa nave, ho il privilegio di aprire le danze e, in virtù di ciò, mi spetta l'onore di chiederle di essere la mia dama» disse in tono solenne, ma cordiale. Ebbi un lampo divertito negli occhi verdi e stetti allo scherzo: «Concesso, comandante».

La festa procedeva splendidamente. Era già notte inoltrata e ancora gli ospiti si divertivano senza mostrare segni di stanchezza o di noia. Stavo ballando ormai da ore. La sala era affollata di gente elegante e disinvolta, che sembrava gioire enormemente. Era strano pensare che tutta quella gente si comportasse con tanta familiarità dopo solo pochi giorni di viaggio insieme. In effetti erano degli estranei e tali probabilmente sarebbero ritornati l'indomani, dopo lo sbarco, quando ognuno avrebbe preso la sua strada dimenticandosi delle persone con cui si era divertito durante la traversata.

Ma io non avrei dimenticato tanto facilmente un giovane, di cui non conoscevo neppure il nome e che non vedevo nel salone quella sera. Era strano che lui non fosse presente, dato che tutti i passeggeri erano riuniti lì!

Stavo riflettendo assorta su questo, quando all'improvviso avvertii accanto a me una presenza. Non avevo udito alcun rumore, come già l'altra volta al pianoforte, eppure sapevo di avere due occhi puntati addosso. Rimasi un attimo immobile, quasi trattenendo il respiro, per calmare il turbine improvviso che sentivo dentro, poi alzai brutalmente gli occhi su di lui.

Il giovane non mi invitò a ballare. Non con le parole, almeno. E se lo fece, non me ne resi conto. Un attimo dopo comunque, stavo fra le sue braccia che mi guidavano con destrezza nella danza. Lo seguii in silenzio, assaporando il piacere della sua vicinanza.

«Sa che lei è l'uomo del mistero?» gli domandai, infine, incapace di sopportare oltre il silenzio che era sceso tra di noi.

«Appare e scompare come un fantasma. Non l'avevo neppure sentita arrivare…»

«Spero di non averla spaventata», i sopraccigli neri di lui erano distesi, sereni e il volto fiero appariva tranquillo.

«Oh, no!» mi affrettai a negare, «ma non so neppure come si chiama» continuai, evitando di guardarlo negli occhi.

«Mi chiamo Raj» mi rispose il giovane.

«Se le dicessi tutto il mio nome, le sembrerebbe troppo lungo e difficile».

«Raj…» ripetei tra me e me.

Come altro poteva chiamarsi un uomo dalla voce così dolce e musicale, dal corpo decisamente virile, bello e armonico…

Raj, un nome che gli si addiceva perfettamente.

Non l'avrei dimenticato.

Dentro, nel salone, la festa continuava. La luce dei lampadari giungeva a gettare un alone anche sulle tavole scure del ponte, dove noi due stavamo in piedi fianco a fianco, appoggiati al parapetto della nave.

«Calcutta» disse Raj, indicando con la mano alcuni puntini luminosi all'orizzonte, lontani ma già ben visibili.

Annuii, assorta.

Calcutta, la fine del viaggio, l'ultima notte a bordo.

Mentre l'eco della musica dalla sala da ballo giungeva fin lì e, a stento, riuscivo a sostenere lo sguardo ammaliante dei suoi occhi ardenti.

Ci fu una lunga pausa di silenzio.

I miei occhi erano rivolti lontano, al mare. Le lunghe ciglia mi disegnavano un'ombra sulle gote rosate.

Era stato dolce lasciarsi sorreggere dalle sue braccia

forti quando ballavamo, ma forse era colpa del vino, della musica, e della luna...

Ora, in un certo senso, vedendo Calcutta a portata di mano, quasi evanescente davanti a me con quell'alone che sapeva di mistero, mi incuteva quasi timore il pensiero di tornare in India.

Non sapevo esattamente quanto tempo mi sarei fermata, ma non molto.

Ero ritornata per vedere il guru Tahar, parlare ancora con lui per alcuni giorni, lasciare che Molly si divertisse e si riposasse e, poi, ritornare a Londra, dove sarebbe arrivato mio padre, una volta sistemati gli impegni di lavoro a New York.

L'India, pensavo, era un Paese così grande e vario, così ricco e allo stesso tempo così misero... Un Paese in cui tutto era esagerato: il bello e il brutto, il caldo durante l'estate e l'insopportabile umidità durante il periodo delle piogge, il sole accecante durante il giorno e il buio profondo delle notti... Eppure mi sentivo attratta da quel popolo così eterogeneo e da quella terra intensa.

Uomini che accettavano ogni cosa con una rassegnazione incredibile, quasi apatici davanti alla vita, eppure così profondamente capaci di sentimenti e di emozioni, come mi aveva dimostrato anche Raj.

Ma ora, probabilmente, non l'avrei più rivisto.

Questo pensiero mi stringeva il cuore.

L'alba era ormai alta e si era levato un vento caldo e fastidioso.

La nave avanzava sul mare col rumore sordo dei motori, che rompeva il silenzio attorno. Repressi uno sbadiglio e mi alzai.

Avevo ancora tempo di riposare qualche ora prima dell'attracco.

Attraversai il ponte e raggiunsi la mia cabina senza fretta.

Mi sembrava di essere già entrata nello spirito indiano, dove il tempo non aveva alcuna importanza.

Mi tolsi l'abito da sera e mi distesi sul letto, nella cabina, con la leggera camicia di cotone. Prima di addormentarmi, cullata dal dondolìo delle onde, pensai a Raj, l'uomo del mistero.

I marinai avevano già gettato la passerella di sbarco e ora la stavano sistemando. La nave era tutta un brulichìo.

Io e Molly ci tenevamo un po' in disparte sul ponte.

Non avevamo fretta di scendere. Indossai un tailleur di lino color verde coloniale e scarpe dal tacco basso.

In disparte l'uomo del mistero, in completo di lino bianco, aveva seguito ogni mia mossa con i suoi penetranti occhi neri fin da quando era comparso sul ponte della nave. Affacciato al parapetto del ponte superiore, mentre tutti i passeggeri si erano assiepati ai cancelli di sbarco, in tutta tranquillità aveva potuto guardare senza essere visto ciò che avveniva sotto di lui.

«Mi ero scordata di quanto può essere terribile il clima indiano» stavo dicendo ai due amici, Mary e Mike, che mi avevano ospitato la prima volta nella loro casa e che, felici di rivedermi, si erano precipitati ad accogliermi alla nave.

Capitolo settimo

Una macchina ci aspettava e ci portò a Jaipur, nel Rajastan.

È nel Rajastan che si incontra l'India più esotica e ricca di colori e sensazioni, la più vicina, forse, all'immaginario cui più o meno ogni occidentale fa riferimento. Qui, dove un tempo i domini principeschi erano fra i più numerosi, l'eco degli antichi splendori risuona ancora nei palazzi cesellati come gioielli che sorgono fra le campagne color argento e sabbia, regno dei pavoni selvatici. E proprio qui, in questa landa che si perde nel deserto del Thar, sembra che si sia saputo trarre vantaggio dal patrimonio storico e architettonico dei principi locali più che in ogni altro stato dell'Unione Indiana.

Ma l'emozione più vera è l'incontro con la cultura buddista: all'alba è possibile sentire il rullìo dei tamburi e il suono dei corni con cui i monaci salutano il nuovo giorno; mentre sui drappi vengono scritte le preghiere da affidare al vento sempre impetuoso, essi lanciano nel cielo turchino un piccolo aquilone in segno di saluto agli spiriti dei cieli e dei venti.

Gli uccelli fuori già cantavano con il loro trillo acuto e insistente.

Un suono quasi anomalo per me. Non mi era mai capitato che mi svegliasse il canto degli uccelli, quando mi trovavo nel pieno centro di Londra nella mia casa o nella stanza del college.

Girando lo sguardo nella penombra, mi resi subito conto della realtà. Ero nella mia camera a Jaipur e non c'era nulla di strano se gli uccelli cantavano alle sette del mattino.

Una volta tranquillizzata, mi rilassai nuovamente sui cuscini, riaddormentandomi. Fui svegliata un paio d'ore più tardi dall'apertura improvvisa delle tende, mentre la stanza si inondava di luce.

«Alzati, dormigliona, il sole è già alto da un pezzo!» aprii gli occhi per scrutare la persona che si aggirava nella stanza «Julie, sei già sveglia?» mi lamentai insonnolita.

«Evidentemente hai dimenticato le sagge abitudini indiane» mi rimproverò l'amica, «alzarsi presto e sfruttare le ore più fresche della giornata».

«Mio marito mi ha promesso un regalo per il nostro anniversario di nozze» disse Mary «e prima che cambi idea vorrei andare subito a sceglierlo. Cosa dite?» Furono le sue parole.

«Ho sentito» proseguì «parlare di una strada speciale, qui, in città, dove vendono le più belle pietre preziose del mondo!»

Ci preparammo velocemente e, insieme con Molly, Julie e Mary, uscimmo.

«Cerchiamo di non perderci in mezzo a questa confusione!» esclamò Molly. In effetti sembrava addirittura impossibile che stradine così strette potessero contenere tanta folla. Era un incessante susseguirsi di negozietti di orefici, che esponevano sui banchetti di legno preziosi monili di splendida fattura, perle grosse come noci, montate in anelli e bracciali d'oro massiccio finemente lavorati.

Non avevo mai visto tanto ben di Dio ammassato così alla rinfusa su dei banchetti. Io e Molly non sapevamo davvero da che parte guardare, tanto avevamo gli occhi abbagliati.

«Ehi, eccolo là!» Mary emise un'esclamazione gioiosa, «proprio quello che voglio. È stupendo, vero?»

Esaminai l'oggetto che l'amica mi indicava attraverso la vetrinetta del negozio. Era un bracciale di smeraldi, il colore da me preferito, montato in oro bianco, le pietre erano piccolissime, disposte in tripla fila per tutta la lunghezza del bracciale e nel centro brillavano tre pietre più grosse.

«È bellissimo» approvai, «anche se costa una fortuna, Mike non potrà obiettare nulla, dinanzi a questa trasparenza e limpidezza di smeraldi. Ti starà benissimo al braccio».

C'era tutt'intorno un continuo balenio di colori che frastornava la vista.

«Adesso cerchiamo la nostra guardia del corpo» disse Julie «per tenere a mente questo negozio e spiegarlo a Mike».

Mentre cercavamo di uscire dalla confusione, si avvicinò a noi una vecchina. Una donna dall'età indefinibile, con il viso solcato da innumerevoli rughe che la facevano somigliare a una prugna rinsecchita, nel quale però, conservava due grandi occhi neri, attenti e vigili, che si muovevano in continuazione.

Indossava un abito nero, logoro e rovinato, che la

fasciava completamente lasciandole scoperti solo il viso e le mani, anche queste rugose e rinsecchite.

«Cosa dice?» chiesi al *sikh*.

«Vuole leggerle la mano, signora».

«Lascia perdere, Christine» ripeté Molly, a disagio.

La vecchia ora parlava rivolta a me, guardandomi fissa con i grandi occhi neri. Inspiegabilmente io mi sentivo attratta da lei.

Non avevo mai creduto alle indovine, anzi le consideravo delle ciarlatane, eppure c'era qualcosa in quella donna che mi spingeva a restare lì. La vecchia, intanto, mi aveva fatto cenno di seguirla e si stava dirigendo verso un portoncino nero poco distante.

«Andrò con lei» dissi a Molly, Julie e Mary.

«Dopotutto quella donna non mi farà alcun male!»

«Restate qui, voi, se preferite».

Ero ormai decisa e non c'era verso di farmi cambiare idea.

Molly conosceva il mio carattere testardo e si rassegnò. Ma mi seguì dentro il portoncino. L'indiana si accoccolò sulle caviglie e prese a dondolarsi avanti indietro, guardandomi attraverso gli occhi socchiusi.

Nella penombra della stanza cominciai a sentirmi a disagio sotto lo sguardo pungente di quegli occhi, che sembravano scrutarmi fin dentro l'animo. Avevo quasi la sensazione di essere diventata trasparente e non era per niente piacevole.

La vecchia, afferrandomi una mano, mi disse: «Non temere» in un inglese stentato.

E stretta la mia mano tra le sue rugose e rinsecchite, mi scrutò in silenzio per alcuni minuti, ma che sembrarono interminabili.

«La tua vita sarà bella» disse infine la vecchia con voce stridula.

Cominciai a guardarla con più interesse.

«È entrato un uomo nella tua vita» disse, «ma tu ancora non lo sai» e, continuando a guardare la mano, «tu devi superare un grosso ostacolo per poter arrivare a lui. Sento... sento un pericolo... Lui sarà in pericolo».

La donna, nello sforzo della concentrazione, si contorceva le mani provocando dolore a me, che cercavo istintivamente di svincolarmi.

«Una cosa bella e una cosa brutta ti aspettano, ma tu sei forte, ce la farai».

«Via, andiamo via di qui» era la voce di Molly, «non vedi che sta cadendo in trance?»

«Non penserai che io mi lasci suggestionare da quella vecchia» cercai di ribattere, mentre seguivo docilmente l'amica.

«Non voglio più cose brutte, ho tanto sofferto e ho quasi trent'anni, ho ritrovato dopo lotte e delusioni, finalmente, mio padre, mi sono liberata da mio marito ingannatore e persecutore. Non ti pare che basti con il dolore?» Mio malgrado sentii un brivido corrermi giù per la schiena.

«Non pensarci più» mi consigliarono le amiche, «è soltanto uno scherzo di cattivo gusto. Questa sera andremo a divertirci a uno spettacolo del posto, tipicamente indiano e domani andrai a incontrare il santone Tahar, al quale svelerai la tua anima e le belle novità».

Ci girammo a cercare il *sikh* e gli chiedemmo di condurci alla carrozza per la via più veloce.

Dopo un breve riposo, andammo tutti assieme ad

assistere a uno spettacolo di danza di gitani, in un campo di grano al bagliore di fiaccole.

«Sono fantastici i tramonti indiani» dicevo loro, guardando il cielo.

«Tra poco sarà buio» osservò Molly affascinata.

La singolare proprietà dei tramonti indiani era proprio quella. Vedevamo il posto al buio improvviso, in un brusco passaggio tra il giorno e la notte.

Rimanemmo lì, sul terrazzo, qualche istante, finché il sole scomparve e il cielo cominciò a tingersi di un violetto sempre più cupo.

Arrivammo nel campo fulvo. C'era un gran bagliore.

Ma che succedeva? Tutto succedeva… nulla succedeva… Ma quel bagliore!

Incendio! Incendio. Un incendio senza fiamme e senza fumo, di fuoco fisso, stabilizzato, fuori dal tempo, nel mondo reale, delle cose vere, palpabili, veramente reali e pur tuttavia sogno, sogno… E intanto quel fuoco, quel rubicondo bagliore che emanava dai granai, era il palcoscenico su cui si sarebbe esibita Yuma, la mulatta.

Gli uomini accorrevano a vedere a vederla.

E invece dei biglietti, buttavano e pagavano con pezzi d'oro. I tutoli sui quali nasce il grano della pannocchia, al posto dei grani di mais, portavano grani d'oro, accesi in un fuoco immobile. Nello specchio bluastro dell'aria le mani degli indigeni, disprezzando il metallo aureo, perseguivano la mulatta, che era quasi nuda, come un'apparizione di marmo vivo.

Non respiravano. Non battevano le palpebre. Le forbici delle gambe della donna li tagliavano a pezzi. Erano branchi di uomini quelli che la seguivano, mentre lui, elettrica, atmosferica, ballava al modo di un fuoco fatuo.

Ma era di carne. Di carne di madreperla nera, rivestita d'una lieve villosità vulcanica.

Ballava avendo attorno al collo una collana di piccoli corni d'oro, da cui ne pendeva uno sferico che, nel ballo, le saltellava sui seni. Così la contemplavano gli uomini, i giovani, i contadini. Attorno alla sua cintola, agli avambracci, banane dorate e viola in movimento, al ritmo dei suoi fianchi, dei suoi glutei, dei suoi piedi, delle sue caviglie, mentre danzava sopra carboni d'oro, che quegli uomini neanche vedevano nel loro sbavamento, pronti a balzarle addosso selvaggiamente.

La mulatta obbediva a una fiamma interna che, nel respirare, la insaniva. Cantava, rideva, ballava, si faceva inseguire da arcieri abilissimi, che le lanciavano addosso le loro frecce, contenendone l'impeto in modo da causarle solo graffiature epidermiche, sensazioni di ferite multiple, in cui si torceva fino a precipitare fuori dal tempo, in una vaga eternità.

Due lune di catrame le sue pupille immensamente spalancate, due coaguli solitari nel mezzo della paura assoluta, dello spavento, del terrore, dell'angoscia, del pianto a singhiozzi, pianto di un essere senza padrone. Ed ecco, poi, il furore suicida, il voler disfarsi della propria immagine presente in cambio di un'immagine futura e, subito, lì, l'ululato, il più angoscioso ululato nel ritrovarsi ancora col suo io lunare… e una afflosciarsi a terra come una belva colpita a morte. Le donne chiudevano gli occhi, gli uomini guardavano attoniti, al gelo dell'angoscia per quella vita messa in gioco.

Se cade si ammazza, tutti pensavano.

Seguivano applausi infuocati, grida di incredulità e una gran confusione, perché tutti volevano tastare con le loro mani per convincersi che quella donna era fatta davvero di carne e ossa!

Io e i miei amici ci avviammo, quando avvertii qualcosa che mi spinse a voltarmi.

Enormi e spalancati occhi scuri di un uomo mi stavano fissando. Fu allora che cominciai a comprendere.

Non erano state le parole della vecchia a colpirmi, cioè quella specie di profezia ma un'altra cosa e ora me ne rendevo conto.

La sensazione che aveva continuato ad aleggiarmi in sottofondo, come nebulosa: era lo sguardo di quegli occhi.

Occhi che mi ricordarono ora, con un lampo di consapevolezza quasi dolorosa, tanto fu fulmineo e immediato, altri occhi che non avevo mai dimenticato.

Sono quegli stessi occhi neri che ancora mi perseguitano e sempre più mi perseguiteranno finché avrò vita!

Quelli terribilmente intensi e affascinanti di Raj, l'uomo del mistero incontrato sulla nave.

Alla fine delle mie meditazioni notturne, sì, senz'altro, sarei andata di buonora, da Tahar per cercare la causa del mio stato d'animo.

L'avrei ritrovato lì, sotto il grande albero, tutto vestito di bianco, che mi aspettava.

«Salve, Christine» egli mi disse «ti aspettavo. So quanto hai travagliato prima di trovare tuo padre. Ma era tutto scritto».

Per un lungo istante ci guardammo negli occhi, io con gratitudine e paura, Tahar con la fermezza dietro cui si leggeva un'affettuosa comprensione.

Cominciai a parlare con voce sommessa, come se avessi timore io stessa di quanto stavo per dirgli.

Raccontai a Tahar del viaggio sulla nave

dall'Inghilterra fino a Calcutta, del pomeriggio in cui mi ero appartata per suonare il piano e avevo incontrato per la prima volta Raj.

Con mia stessa sorpresa mi ascoltai, mentre parlavo al guru delle sensazioni che mi avevano fatto provare gli occhi neri dell'indiano, del brivido che, ancora adesso, sentivo corrermi per tutto il corpo al solo pensarci. Decisa a confessarmi fino in fondo, felice di poter, finalmente, tirar fuori quello che mi ero tenuta dentro e che mi rendeva inquieta e insoddisfatta, gli raccontai anche del mio incontro con la vecchia e la scoperta sconcertante che avevo fatto riguardo agli occhi neri dell'indigeno, che mi ricordavano quelli di Raj.

Dopo di allora, non avevo smesso di pensarci un attimo e, ormai, per me era diventata un'ossessione che non mi dava tregua.

Che significato avevano Raj, la vecchia e la profezia?

Terminai il mio racconto in un vortice di domande confuse, a cui non riuscivo a dare una risposta.

Tahar ascoltava con la massima attenzione, lo sguardo fisso nel mio. Poi disse: «Le persone le vediamo solo una volta, la prima volta che le guardiamo. Quella è per sempre. Dopo, non le vediamo né le guardiamo più. Diventano invisibili per noi. Cerca ora di capire cosa voglio dire e tutto ti sarà chiaro.

La seconda parte della tua vita sta per realizzarsi in maniera splendida, direi immortale, ma ci sono grosse nubi e pericoli enormi che sovrastano questo cielo.

Devi lottare, devi essere tenace, non devi mollare mai.

Ascolta il tuo cuore: ti dirà sempre la strada da seguire. E sarà quella giusta. Il cuore non mente mai, come tu già dimostri di sapere. Ma il destino vuole metterti dinanzi a un'ultima prova. Va' e cerca. Segui il tuo pensiero e lo troverai».

I miei occhi erano pieni di lacrime.

Abbracciai, stando a terra, le ginocchia di Tahar e mi allontanai.

Ebbi la sensazione che il sole fosse in qualche modo dentro di me e si trovasse all'interno della mia anima oltre che nel cosmo. Era il mio stesso spirito eterno che si ampliava, nutrendolo con i pensieri e i sentimenti nobili che appartengono all'eternità.

Giurai solennemente a me stessa che avrei ingrandito questo sole interiore arricchendolo con l'amore che stava nascendo nella mia anima. Così pensando, avanzai camminando e i miei piedi sgretolavano le zolle di terra molle lungo il sentiero che scendeva al fiume.

Prima di arrivare al fiume, svicolai per una scorciatoia scivolosa, semicoperta dai rami bassi di quercioli, appena piantati. Non c'era vento. Ma una specie di refolo scherzoso scosse i rami e la guazza gelida lo innaffiò come una raffica di pioggia improvvisa. Arrivai alla fine del fiume, mi rimboccai i pantaloni per poter guadare il fiume, ma essendo un po' profondo, alla fine mi tolsi tutti i vestiti, restando nuda, ma con la gioia di passare all'altra sponda.

Mi buttai a nuoto, toccai l'isolotto e... Una spiaggia di sabbia fina tutt'intorno. Pochi fili d'erba, alcuni piegati, oltraggiati, abbattuti sulla superficie pietrosa, come se qualcuno gli si fosse coricato sopra. Mi sedetti ad aspettare l'ora del tramonto, sicura che col calare del sole, il mistero sarebbe svanito.

L'amore è sempre un mistero.

Un momento naturale stupendo: una raffica di aria fresca, una spruzzata d'acqua in perle di rugiada e quasi un cadere a picco del vento fra le foglie di altissimi alberi.

L'invito a una festa nel palazzo del governatore arrivò improvviso a Julie, Mike e Mary e, logicamente, fu esteso a me e a Molly. Le feste in India erano veramente belle.

Mary euforica e tutta frastornata, in sottoveste nera davanti allo specchio si stava infilando un vaporoso abito di chiffon color verde mela, che aveva dei graziosi ornamenti di piume alla scollatura. «Mi aiuti a chiudere la lampo?» chiese.

Eseguii e poi mi gettai sul letto, continuando a guardarla.

«Come ti sembra?» chiese ancora, rimirandosi davanti e dietro allo specchio.

«Bello» approvai, senza eccessivo entusiasmo.

Mary mi lanciò un'occhiata e si strinse nelle spalle.

Andò ad aprire un piccolo scrigno che teneva sulla toilette e ne trasse il noto bracciale di smeraldi, che mi mostrò con gioia.

«È una buona occasione per inaugurarlo, non trovi?» osservò.

«Già, capita proprio a puntino» e ancora mostrai poco interesse.

Spazientita, Mary posò il braccialetto e si tolse il vestito.

In sottoveste venne a sedersi sul letto, vicino a me.

«Avanti, Chriss, raccontami cos'hai» disse.

«Io, niente. Perché?»

«Senti, non sono cieca e neppure stupida. Sono giorni che ti comporti stranamente, non sei allegra e non ti va di fare nulla, non ti entusiasmi per nessuna cosa. Confessa cos'è che non va!»

Non risposi subito, ma poi le raccontai cosa mi tormentava tanto.

Mary sospirò.

«Si dice: moglie e buoi dei paesi tuoi e questo vale anche per i mariti, credimi. Dimenticalo. Dopo tutti i dolori che hai affrontato nella tua vita, rischi di cadere in un'altra trappola, inseguendo un sogno che sarebbe sicuramente lo sbaglio più grosso che potresti commettere, ora che la tua vita sta acquistando la dimensione giusta».

Mi misi a meditare sulle parole di Mary, assorta e in silenzio. Finalmente mi scossi, mi allontanai dalla finestra e presi a prepararmi per la festa.

Avevo già indossato l'abito da sera, lungo e bianco, semplicissimo, aderente al corpo, con sottili spalline che lo reggevano, facendolo apparire ancora più semplice. Ma non potevano sfuggire la splendida fattura e il taglio di gran classe.

Il palazzo dell'Hawa Mahal era uno dei più imponenti e fastosi del luogo e io e i miei amici, passando davanti al vistoso corpo di guardia del governatore, formato da sceltissimi soldati sikh, splendidamente fasciati nelle uniformi colorate, non potevamo fare a meno di ammirare l'imponenza e la maestosità. Il palazzo era un'antica residenza reale indiana, rimodernata e lussuosamente arredata, all'interno della quale si aprivano cortili con la sua facciata di cinque piani in un sovrapporsi di finestre schermate da esili trafori di arenaria a nido d'ape, il che permetteva di seguire gli avvenimenti della strada sottostanti in pieno riserbo. La vegetazione cresceva lussureggiante anche nei periodi di intensa siccità, donando alle stanze che vi si affacciavano una gradevole frescura. Tutto intorno al palazzo sorgevano una serie di bungalow, quasi mimetizzati tra alberi e pergolati, dove si trovavano i vari alloggi per la servitù e le stanze degli ospiti.

All'interno del salone da ballo molte coppie ballavano e all'estremità del salone, nel semicerchio delimitato dalle colonne di marmo, l'orchestra passava disinvoltamente da un motivo all'altro.

Dalla scalinata continuavano ad arrivare nuovi invitati. A un tratto mi sembrò che la stanza, già perfettamente illuminata, fosse esplosa in uno scintillio inverosimile, un accendersi improvviso di mille e mille lampadine. Sentii il cuore mancarmi, come se fosse piombato con un tonfo sul pavimento.

Dietro, sulla scala, alto e maestoso, bello come un dio indiano, era apparso sua altezza Raj Mahakam, principe del Rajastan.

Elegantissimo nel suo abito scuro di foggia indiana, ma tagliato e confezionato dal più esclusivo sarto di Londra, la bella testa avvolta in un regale turbante su cui spiccava un enorme zaffiro contornato da diamanti che mandavano lampi di luce.

Il principe sorrise, percorrendo rapidamente con gli occhi neri l'intera sala. Per un attimo fu come se tutti gli sguardi fossero rivolti verso di lui, ma Raj non sembrò curarsene minimamente.

Tra tutta quella folla cercò e trovò due occhi in particolare: i miei, sbarrati e increduli. Fu soltanto una frazione di secondo, poi la musica suonò fragorosa, le danze ripresero, e Sua Altezza, regalmente, si accinse a scendere la scala.

La festa continuava. Sua Altezza teneva in mano un bicchiere e sorseggiava lentamente un wisky e soda che gli era appena stato servito da un cameriere indiano in una impeccabile livrea bianca e oro. Sul suo viso dai nobili lineamenti non si scorgeva alcuna contrarietà, anche se il principe da qualche minuto mi seguiva con lo sguardo, mentre danzavo con un giovane in divisa da ufficiale.

A un certo punto la sua natura indiana, focosa e passionale, lo spinse ad agire. Sentiva addosso la forza di cento leoni e sarebbe stato in grado di lottare contro tutto l'esercito inglese per conquistare me.

Improvvisamente i nostri occhi si incontrarono! Bastò quell'attimo perché d'un colpo io avessi tutte le risposte che cercavo.

Pare che uno dei momenti più magici della vita sia incontrare lo sguardo dell'altro. In quell'incontro c'è tutto.

Ora, guardandolo, sapevo!

E mi vennero in mente la parole dell'indovina: «Un uomo è entrato nella tua vita, ma tu non lo sai. Non sarà facile arrivare a lui e dovrai superare un grosso ostacolo… un grosso pericolo…»

Il grande terrazzo era illuminato da globi bianchi, e la luce di essi, mescolandosi con i raggi argentei della luna, propagava un'atmosfera da fiaba, con le onde in lontananza che si riversavano lentamente sulla sabbia, lasciando un odore penetrante di alghe e tutt'intorno un profumo intenso, caldo di tuberose.

Lì Raj mi raggiunse. Ci fu il primo bacio: improvviso. Fu dolce, travolgente. Lo guardai negli occhi neri, vellutati, profondi. In essi c'era una tenerezza calda, misteriosa. Una tenerezza severa. Restammo a lungo a contemplare il cielo, le stelle, infiniti puntini luminosi, fosforescenti. Erano visibili, in lontananza, cupole, obelischi, minareti. I colori erano delicati, tenui: rosa, arancio, viola.

Leggendo i racconti di Lawrence, avevo percepito proprio questo: e per un attimo provai verso di lui un'attrazione violenta, segreta, ma già tenacemente profonda. Non era un'idea, era una sensazione: esaltante, inquietante, anzi familiare.

Intravedevo nel barlume il profilo di lui e mi sentii felice.

Per la prima volta avvertivo una particolare sicurezza dovuta non tanto all'importanza che attribuivo a me stessa quanto alla eccitante aspettativa di stupire lui. Di constatare la sua emozione.

A un certo punto mi ricordai di Molly e Julie che, certamente mi stavano cercando, chiesi a Raj di aspettarmi pochi minuti e sarei ritornata. Ma la mia sorpresa fu grande.

Ritornando sul terrazzo, lì in fondo, nell'angolo più bello del mondo, Raj non c'era più. Scomparso nel nulla. Vane le ricerche, fuori, dentro, nel salone, nelle sale.

Una tristezza infinita pervase il mio cuore. Nessuna traccia. Una serata da sogno e poi... di grande disperazione.

Il crollo del più bel sogno della mia vita. Mi ricordai della favola di Cenerentola dove, a mezzanotte, l'incanto sarebbe finito.

E, strano a dirsi, era proprio mezzanotte. Le parole dell'indovina stavano diventando realtà! Le notti che seguirono furono insonni per me. Quando lui era apparso in cima alla scala nel salone dell'Hawa Mahal, mi ero sentita assurdamente felice, credendo… sperando che fosse venuto lì per me. Avevo incontrato i suoi occhi, e poi il sogno, l'incanto di una sera, un bacio da non dimenticare.

Ma… era sparito. E ora stavo cozzando duramente contro una realtà che mi era giunta improvvisa come una doccia gelata.

Raj mi aveva già abbandonata, segno che per lui non contavo assolutamente niente. Eppure … con lo sguardo rivolto alle montagne tornai con il pensiero al nostro primo incontro, sulla nave.

Rividi nitidamente gli occhi neri e intensi di lui, sentii quasi il suo sguardo penetrante sulla schiena, udii la sua voce calda e morbida che mi parlava …

Mi presi la testa fra le mani, soffrendo per l'intensità di quel ricordo così vivo e presente, che ora mi angosciava.

Potevo essermi immaginata cose che non esistevano? Essermi inventata un sentimento che lui era lontano dal provare?

Raj aveva saputo comunicarmi sensazioni ed emozioni, da lasciarmi turbata. Dovevo cercare di vederlo, di incontrarlo, di trovarlo.

Forse non sarebbe servito a nulla. Ma dovevo cercare.

Poi… Non aveva importanza il poi. Anche se, ora, pensandoci, mi assale un brivido di paura, l'impulso di fuggire, di non arrivare mai alla meta tanto attesa e tanto temuta.

Il velo dell'illusione stava scomparendo. La verità risplendeva lucida. Quello che provavo era malinconia, dolore, senso di caducità delle cose. «Si capisce più intensamente l'infelicità degli altri, quando siamo noi stessi infelici» sono le parole del guru.

Intanto, la mia stanza è diventata buia, la mia anima vuota e triste. Il regno dei sogni crollato attorno a me senza lasciare traccia, senza rumore, senza schianto. È evaporato come una visione. Tutt'intorno regna il silenzio. La notte è lunga e insonne. La solitudine e la pigrizia cullano la mia fantasia. Vedo il mio futuro che torna a essere solitudine, vita inutile e stantìa.

Posso dire, mi dico, di avere vissuto solo due sere nella mia vita! Ma tutto ciò che ho perso, tutto era nulla, era soltanto fantasia. Il mio avvenire sarà sgradito e triste. Mio Dio! Un momento solo di completa felicità È forse poco nell'arco di una vita intera?

Ma ecco che, improvvisamente, la luce squarcia le tenebre.

Un sikh suona alla nostra casa. Ha un biglietto in mano da consegnare a Miss Christine Robinson. È un messaggio di Raj. Poche righe in cui le chiede un appuntamento.

Balzi di gioia. Incredibile!

Ci ritroviamo su un ponte con sotto il torrente, fatto di due tronchi, coperto di frasche, come in una valle sotto l'Hymalaja.

Assai romantico. E lassù, avvinghiati, vicini, restammo a lungo.

«Ho studiato a Londra» mi raccontò «alla facoltà di ingegneria ma la mia passione è la fotografia, la scena. Sono produttore cinematografico e regista a Londra, in India e nel mondo. Amo la mia terra e di tanto in tanto, devo ritornarci. Sono attratto dagli sconfinati spazi del deserto e dalla gioia di una vita semplice».

«Ho paura» interruppi.

«Paura di cosa?»

«Di svegliarmi all'improvviso. Perché i sogni si dissolvono, come miraggi nel deserto».

«Ricordi, Christine, quando ti vidi sulla nave?»

«Come potrei dimenticarmene» risposi, rapita.

«Ero sul punto di chiederti in moglie. Ma non ho potuto. Mi sembrava così assurdo. Io non ti conosco e tu non conosci me».

«Ci sono persone che credono che le cose più assurde siano le più belle» intervenni.

«Non so cosa sarà di noi, ma ora so che la memoria di questo incontro vivrà per sempre» furono le parole di Raj.

«Forse» proseguì «è la mano di Dio. Chi lo sa. Forse un giorno vedremo insieme, perfino l'arcobaleno che vive per sempre».

«Dove si trova?» chiesi incuriosita.

«Oh, molto, molto lontano. Ma ora, per cominciare, ti farò conoscere la mia vecchia casa, un palazzo in mezzo al verde. Appartiene alla mia famiglia da generazioni. Ma, in realtà, la vera casa di mio padre erano gli aperti e selvaggi spazi del deserto. La sua unica, vera casa».

E, intanto, percorrevamo insieme la strada, in una jeep, la testa sulla spalla di lui. Era una notte meravigliosa, una notte di quelle che possono esserci soltanto quando si è giovani.

Il cielo era così pieno di stelle, un cielo così luminoso che sembrava un tessuto in raso blu con tanti cristalli luminosi. Uno splendore! Giunti dinanzi al palazzo, al Raj Mahal, Raj fermò la macchina. Entrammo. Mi sentivo turbata come fossi in un luogo incantato. Non avrei creduto che al mondo ci potesse essere tanta bellezza. Stretta la mano nella mano, non avevo detto una parola. L'incanto mi prendeva a poco a poco. A un certo punto dissi: «Se ci fosse qualcuno che scoprisse il modo di imbottigliare le memorie, come un profumo in modo che non svaniscano mai, non perdano mai la freschezza. E quando lo si vuole, si potrebbe aprire la boccetta e rivivere il momento…»

Guardandoci, scoppiammo in una risata allegra.

Ma dopo un po', mi accorsi che si era perduto nel labirinto dei suoi irrequieti pensieri. Era chiaro che nascondesse qualcosa, qualcosa di importante che lo preoccupava. Un segreto!

Ricacciai indietro questo pensiero. Non volevo turbare questa nostra felicità.

Un cameriere fidato ci venne incontro.

«Questo è Saìd» disse Raj «il mio fedele servitore che ci preparerà il migliore tè che ci sia al mondo».

«Buona sera, signorina» disse Saìd, mentre reggeva un vassoio con il prezioso tè.

«L'ho preparato esclusivamente per lei!»

E mentre Raj si allontanava un momento, mi indicò con orgoglio un quadro, in cui era incorniciata una figura bella, elegante e femminile con un gran cappello e un vestito in broccato verde e grigio.

«Quella è la signora Margaret, la madre di Raj, qualche mese prima di …» e gli si inumidirono gli occhi.

«La signora Margaret era molto bella. Come lei! Ma, prego, si sieda».

Mi guardai intorno. Grate in ferro dorato, cuscini,

arabeschi, tappeti, vasi di gran pregio. Policromie in oro, azzurro e verde. Mi pareva di vivere un sogno.

E un sogno fu quella notte, un indimenticabile spaccato di vita.

Nel vedermi pensierosa, Raj si scosse, mi circondò le spalle con un braccio, mi avvicinò a sé e mi porse un astuccio azzurro.

Nell'astuccio era concretizzato un sogno: una parure completa di perle nere e grigie, un pendente grigio per la fronte, due orecchini uno nero, l'altro grigio, il girocollo in nero.

Un sogno imprigionato nella realtà: la perla nera di Tahiti, un nome magico che evoca l'unicità di questo gioiello del mare.

Da *Mille e una notte*, simbolo imperiale.

«È per te» disse Raj «perché questa notte sia simile all'eternità, alla bellezza e al valore di questo gioiello».

«Era di mia madre, una donna che tu sola puoi eguagliare per bellezza e per classe». Così dicendo, mi incorniciò il collo di perle nere di Tahiti, le orecchie di grigio e di nero e, poi, la più bella a forma di goccia allungata, dai riflessi verdi e blu, sulla fronte alla radice dei capelli. Uno specchio ovale, sul cassettone, ci rifletteva, ed egli disse: «Le perle come l'oceano sanno riflettere la morbida, tenera luce di una notte d'amore e di un'alba fuggente. Esse simboleggiano il fascino femminile, la vita, l'amore eterno. Qui da noi, si dice che le perle, miracolose gocce di rugiada, lacrime di principessa, sono messaggere di piacere e hanno i loro segreti, la loro storia, la loro cultura. Il nero turba, il nero affascina, il nero strega.

È magia, è film e romanzo, è profumo su una donna,

è sensualità profonda. La perla nera di Tahiti, data la sua rarità, così come la tua bellezza, può passare sulla pelle della donna amata attraverso le più sorprendenti gradazioni di tonalità: blu, rosa, oro, viola e verde pavone. Solo una donna che ha carisma può indossare la perla nera, perché come un caldo mare tropicale di notte, nasconde un'emozione vera e conferisce un'aria misteriosa».

Sedotta dal suo incanto, mi lasciai andare alla felicità che un uomo di così rara sensibilità poteva darmi, cedendo il posto ai sogni.

Frutto di una misteriosa alchimìa, le perle, pensai, erano anche espressione della misteriosa natura di Raj.

Il mattino seguente eravamo lì, di fronte all'immensa distesa di una spiaggia, dove vengono a esternarsi le onde dell'oceano indiano su un deserto di sabbia e di schiuma.

Poco distante sorge il cottage balneare dei principi del Rajasthan, la famiglia di Raj, innamorato del mare e del silenzio.

Qui il mare è blu. Il mare è verde. Le sue chiome sono bianche. Il cottage ha preso il colore della sabbia.

Ma Raj non vuole portarmi all'interno perché, egli dice, il più delle volte abitato dal fratellastro, un uomo senza scrupoli, dedito al vizio e alle donne, e che ha fatto di quella villa un punto di incontro con visitatori provenienti dal deserto più lontano per offrirsi qualche notte di lussuria. Notti, durante le quali, i vapori dell'alcool velavano gli sguardi vitrei di uomini che avevano l'abitudine di accarezzarsi il ventre prominente o si lisciavano la barbetta rada su una faccia rabbuiata dalla noia e dalla stanchezza.

Insistetti perché Raj mi conducesse all'interno del cottage. Mi incuriosiva molto ed egli, alla fine, acconsentì.

Vennero due camerieri ad aprirci. Omar, il fratellastro cattivo di Raj era in balìa dell'alcool e della musica, e dopo un rapido saluto si lasciò cadere sulla poltrona con altri sceicchi.

Notai che agli uomini del deserto non piaceva sedersi, lasciavano sprofondare il loro corpo tra grandi cuscini foderati di satin.

Non apprezzavano i divani di cuoio. Qualcuno appoggiava il sedere sul bordo del divano, poi si lasciava scivolare fino a trovarsi direttamente sul tappeto di lana. Si mettevano comodi, comandavano senza parlare, facendo appena qualche gesto con la mano o con gli occhi. I servitori conoscevano il significato di quei segni, non era complicato capirsi. Avevano tra loro un codice. Ma si sentiva, dietro a quelle parole, l'arroganza, il disprezzo e un desiderio gratuito di umiliare. I servitori conoscevano i loro capricci e li rispettavano. Amavano la musica o soltanto i corpi delle ballerine?

Ce n'era una in particolare Salìma che per il suo corpo faceva impazzire quegli uomini stravaccati sui cuscini, intenti a bere whisky come se fosse limonata. Appena Salìma compariva, posavano i bicchieri e le mandavano baci soffiando sul palmo della mano.

Alta, la chioma nera che le ricadeva fino alle reni, Salìma ci giocava un po' quando si piegava per seguire i movimenti del corpo e ciò la rendeva ancora più attraente. Le tuniche in seta che indossava erano sottili e mettevano in evidenza il suo seno.

Pudica, non guardava mai gli uomini, i quali apprezzavano quel suo ritegno, quella timidezza che la distingueva da qualsiasi altra ballerina. Seduzione ed ebbrezza...

I beduini, amici di Omar, fratellastro di Raj, gridavano e le chiedevano di ripetere l'ultimo passaggio, al suono della musica orientale.

Lo faceva con grazia, permettendo all'immaginazione di ognuno di errare all'infinito. Uno sceicco, il più brutto e il più ricco, piccoletto con la barbetta la raggiunse nella sua stanza: «Il tuo corpo mi dà i brividi» le gridò «sarai la mia sposa, bambina». Salìma si alzò dicendogli: «Non si vergogna, vecchio porco? Crede di poter comprare tutto, gli oggetti, i corpi, le carriere, la dignità...? Lei è orribile. Ha lo sguardo vitreo e la pancia piena di peccati. Le dico di no con tutto il mio disprezzo e mi vien voglia di sputare su di lei e sulla sua fortuna...»

Lo sceicco scoppiò in una risata e fece segno che gli riempissero il bicchiere. Altre ragazze prosperose accorsero e gli si fecero attorno tutte poco vestite. Lui passò le mani su quei seni abbondanti e sembrava felice. Aveva già dimenticato l'incidente, anche se non aveva mai subìto un simile affronto.

Fatti simili accadevano quasi tutti i giorni nel cottage, dove Omar, fratellastro di Raj, aveva dissipato in orge e divertimenti di ogni genere il suo patrimonio personale e ora stava attentando al patrimonio paterno, per appropriarsene.

Raj, a questo punto, mi portò via e decidemmo di fermarci in un albergo, Oberoi, per trascorrere altre ore insieme e un'altra notte indimenticabile.

C'era in lui qualcosa del gentleman inglese che mi piaceva molto.

«Sono triste» mi disse «perché devi ripartire. Sono stato così pazzo da abituarmi al tuo viso, al tuo sorriso, alla tua presenza così bella e così dolce. La tua voce mi riporta all'infanzia, verso quell'innocenza che è ancora presente nel tuo sguardo. Io posso definirmi un uomo solo, lavoro molto e non ho avuto che un sogno, quello di incontrare una donna che avesse i tuoi occhi, la tua voce, la tua bellezza e il tuo cuore. Ti chiedo soltanto di credere alle mie emozioni, di prenderle in considerazione e di fare per loro posto nella tua vita». Mi raccontò gran parte della storia della sua famiglia: «Il mio paese è in frantumi. Sono qui perché devo risolvere grossi problemi, che mi creano molte preoccupazioni. Ma la mia patria di adozione è l'Inghilterra e il mio destino è nelle tue mani. Non dire niente. Non subito. Adesso tutto dipende da te. Facciamo la prova dell'assenza. Sarà un'assenza dura, ma poi la spezzeremo e ci rivedremo. Solo il tempo potrà essere testimone dei nostri sentimenti».

«Mi attendono» continuò Raj «giorni duri, di responsabilità e ho grosse difficoltà da affrontare per risolvere i rapporti con il mio fratellastro, che ha dissipato tutto il patrimonio e sta tentando di spodestare mio padre, il Re Alì.

Ma, sta tranquilla, ho calcolato tutto e potrò essere a Londra tra due mesi e lì ci rivedremo».

«Sì» risposi io «ci rivedremo tra sessanta giorni, nel giorno del mio compleanno, lì, sul parapetto lungo il fiume, dove ho trovato il mio medaglione, che mi ha cambiato la vita».

Ero emozionata, mi venne voglia di piangere, ma mi trattenni.

Mi chiedevo se ci fossero uomini indiani capaci di tanta delicatezza.

Credevo che cose simili esistessero solo nei fotoromanzi o nei film.

Ma prima di salutarci, Raj mi portò da un guru.

«Maestro» disse «uniscici per sempre».

Ed ecco lui severo ripetete con me queste parole: «La mano sinistra, la mano destra, il nostro sangue si mischia.

Ora per noi non c'è più pioggia, perché l'uno è il rifugio dell'altro.

Ora per noi non c'è più freddo, perché l'uno è il calore dell'altro.

Ora non c'è più solitudine. Ora e per sempre non ci sarà più solitudine. Ci sono due corpi, ma da ora c'è un solo sangue in entrambi. Andate adesso, andate al vostro rifugio».

«Guarda» disse Raj «la serata è bella e tranquilla, ascolteremo il ruscello che mormora tutta la notte.

Ascolta, è come se cantassero i nostri cuori».

«Li ricorderemo insieme nel silenzio delle notti» soggiunse Raj «e, quando il tempo vorrà, vedremo i nostri figli».

Quando il guru disse che non eravamo più due persone distinte e separate, aveva ragione. Eravamo legati a doppio filo come più non si poteva.

Accompagnandomi a casa, Raj scese dalla macchina, mi baciò la mano, chiedendomi se poteva, l'indomani, accompagnarmi all'aeroporto. Gli risposi che non mi piacevano gli addii negli aeroporti o nelle stazioni. Mi diede un biglietto da visita, sul quale aggiunse il numero del suo telefono personale e l'indirizzo: «Con questo numero mi puoi raggiungere dovunque e in qualsiasi momento!»

Dopo un appassionato, lunghissimo bacio, ci separammo.

Poco dopo, a casa, mi giunse uno splendido mazzo di rose rosse con queste parole: «Per augurarti un buon ritorno a casa».

Non dormii quella notte.

Immaginavo già di camminare insieme per le strade di Londra, tenendolo per mano, con la testa posata sulla sua spalla.

Sognavo il suo torso nudo, i suoi muscoli, le sue dita tra i capelli, lasciavo che la mia immaginazione spogliasse l'innamorato e osavo andare anche oltre.

Confidai tutto a Molly e Julie, la quale mi disse: «Ti capisco, Chriss, ma la vita mi ha insegnato una cosa, una soltanto: la diffidenza. Gli uomini non sono capaci di essere sinceri. Diffida. Stai attenta. L'amore è bello nei libri, nelle immagini del cinema. L'amore quello vero, quello che conta è quello di tutti i giorni: di quello non se ne parla mai, perché non è facile da rappresentare».

Ma io non l'ascoltavo.

"Forse" pensavo "l'intensità di un amore si potrebbe misurare dall'impazienza o dall'estrema pazienza di aspettare. In ciò che arriva o non arriva, io so che il più bello è il tempo dell'attesa e io sopravviverò grazie all'attesa".

"Ma se non arrivasse più?" mi ripetevo. Amare significa anche imparare a convivere con la propria solitudine. Sapersi ritirare in un arrocco per proteggere la tenerezza. Smettere di stare al gioco della dipendenza, affinché il possesso diventi schermo di trasparenza.

«Lo scambio d'amore» mi disse Tahar «deve essere reciproco a tutti i livelli: fisico, emozionale e mentale, perché implica la capacità di saper ascoltare con attenzione».

Tutti questi pensieri si accalcavano nella mia mente, mentre i giorni scorrevano.

Capitolo ottavo

Mio padre era tornato a Londra. Ci precipitammo tutti all'aeroporto di Heathrow ad accoglierlo.

Una gioia indescrivibile.

Il giorno seguente, andammo alla clinica dov'era ricoverata mia madre. Lo riconobbe e pianse.

«Oh Ronald» disse incredula con le mani tremanti.

«Non eri morto! Non eri coinvolto nel disastro aereo!» e nel contempo sembrava sconcertata.

«No, tesoro, ma ti spiegherò ogni particolare del mio dramma, giorno dopo giorno. Ora devo pensare alla tua salute. Ti porterò via di qua. E io ti salverò».

Queste furono le sue parole, ricolme di tanta emozione.

Nei giorni che seguirono ci organizzammo per andare in Scozia, da Thomas, mio fratello.

Il mio amato fratellino gemello, che avevo lasciato all'età di dieci anni, viveva con una zia, sorella della mamma, in Scozia dopo la morte del presunto papà, in una nobile dimora nei pressi di Edimburgo, una casa con parco e scuderia.

La zia Annabel, che non aveva figli, dopo l'assassinio che ci aveva colpiti e la malattia della mamma, lo chiamò subito a sé per offrirgli tutto quanto potesse desiderare. I primi tempi, Thomas aveva vissuto nella tristezza, poi, lentamente, si era andato abituando alla nuova realtà, perché molto amato dalla zia, che lo considerava come fosse il suo. Alla zia Annabel piaceva ricevere amiche e amici nei lunghi pomeriggi e nelle giornate di fine settimana in quell'atmosfera aulica e tradizionale.

E a Thomas, bambino, quando gli domandavano cosa avrebbe voluto fare da grande, rispondeva senza esitare: «Essere celebre».

Avevano un bel dirgli che la celebrità non è un mestiere, egli ripeteva con forza e determinazione il suo proposito.

La zia Annabel, che stravedeva per lui, anziché correggerlo, lo incoraggiava, dicendogli: «Non soltanto sarai celebre, ma sarai anche bello e ricco». Lui sorrideva felice. Gli mancava solo l'affetto e la compagnia della sorella, cioè di me, ma al di fuori di questo, avendo un carattere diverso e allegro, si era inserito nel nuovo mondo e cominciò ad amare appassionatamente la sua Scozia, come le brughiere solitarie, gli altipiani selvaggi, i fiordi e i loch dalle tinte spettrali. Le immagini di Edimburgo e dintorni lo entusiasmavano nella leggerezza dei suoi giovani anni.

Aveva fatto molti amici e si divertiva con loro. Nel regno dei venti, delle piogge e delle brume marine, la sua casa con le tante finestre gli suggeriva l'idea della baia, un porto al sicuro dalle intemperie, dove il freddo si combatteva con il calore del fuoco e le bevande calde. Alle fanciulle piaceva Thomas, che sembrava molto più maturo della sua stessa età. Amava leggere e si dilettava nella scultura e nella pittura. Nel suo amore per l'arte si concentrava la parte più seria dei suoi interessi, aveva un desiderio reale di conoscere e di approfondire. Comprava, infatti, libri che leggeva in una notte e conservava scrupolosamente nella sua biblioteca.

Intanto, mio padre, la mamma e io, dopo tanti anni e tante peripezie ci affrettavamo ad andare da lui.

Ecco siamo in treno, sul Royal Scotsman, il lussuoso treno che congiunge Edimburgo con le lande torbose, i laghi blu cobalto e i severi castelli di pietra del profondo nord e, avverto tutto l'entusiasmo di esplorare il panorama con una curiosità voyeristica eccezionale, lasciando spaziare lo sguardo dai riquadri dei finestrini verso l'esterno e mi immagino di trovarmi dentro una taverna della Scozia fine Ottocento. Do libero sfogo alla mia fantasia.

Ma, ecco, ora stiamo attraversando la città, Princess Street, una strada chiassosa, gremita di boutique e grandi magazzini di questa città, che sembra quella di una volta, un po' crepuscolare e un po' esuberante.

Scorgiamo un castello, arroccato sulla rupe di un vulcano estinto, da dove è possibile cogliere la fragranza del mare e il profumo del whisky che invecchia nelle botti di rovere, i palazzi georgiani, il monumento a Walter Scott con le miriadi di favole nere che il tempo sembra aver scovato tra le pietre e i crocicchi della terra di Macbeth. Tra paesaggio e leggenda è il genius loci scozzese che partorisce fantasmi e sogni romantici.

Ma eccoci arrivati.

Una verde casa seminascosta nella Old Town di Edimburgo, ecco il mio Thomas che a braccia aperte ci viene incontro e mi stringe forte a sé, sempre bello, sempre biondo, sempre allegro.

Soffochiamo lacrime, commozione e baci con un sottofondo di musica di vecchie ballate celtiche e cornamusa, che riecheggiano ancora tra i pub e le consuete solitudini degli altopiani, là dove vivono gli immortali Highlanders.

Thomas: un altro mio sogno che diventa realtà.

La zia Annabel è confusa, ci accoglie con allegria, ma in realtà malcela una preoccupazione che la tormenta: perdere Thomas.

A causa di questa grande gelosia nei suoi confronti, ci aveva reso impossibile vedere Thomas negli anni passati, durante i quali erano sorti screzi notevoli, difficili da superare da parte della nonna, allora vivente e del prozio, che dovettero lottare molto per appianare problemi e divergenze che la zia creava pur di tenerci lontano Thomas.

Anche questa è acqua passata.

Thomas si stacca dall'abbraccio, mi guarda ed è come se il cuore mi si staccasse dal petto e non fosse più mio. Notò il battito rivelatore dell'arteria sulla sua tempia destra e capì che l'incontro aveva turbato e commosso lui quanto me. Avevo lasciato il mio fratellino biondo all'età di dieci anni e lo ritrovavo dopo venti anni. La mano che teneva il bicchiere gli tremava e la sua voce era disuguale. Lacrime di gioia rigavano i nostri volti.

Eravamo un grappolo solo, Thomas, io, la mamma e il papà, tutti uniti in un solo abbraccio. Thomas e io restammo soli alla finestra, guardando i morbidi tappeti erbosi del giardino, mentre una sequela di stupide osservazioni mi danzava pazzamente nel cervello. Rimproveri?

Risentimenti? Poi seguitai a guardare il giardino in silenzio e Thomas stava muto come me.

Poi, con voce bassa e affrettata, disse: «Devi scusarmi se non parlo. È che non credevo, dopo tanti anni, di trovarti così immutata».

Pareva che ci fossimo separati il giorno prima anziché vent'anni fa.

«Il passato è passato» risposi «ora abbiamo il futuro davanti a noi. Il mio matrimonio è stato annullato: credo che tu lo sappia. Sono libera di sposarmi nuovamente. E questa volta per la vita».

«Conosco» continuai «di tutte le tue disavventure e i tuoi problemi con la zia, che non ti ha mai permesso di venire a trovarmi rivangando vecchi litigi familiari e influenzandoti con calunnie e cattiverie su di me. Ma, fortunatamente, anche quella è acqua passata».

Thomas, asciugandomi le lacrime, che mi luccicavano negli occhi, mi sorrise e mi accarezzò i capelli: «Mia amata, pazzerella sorellina, non c'è più ragione di rimpiangere il passato».

Posai le mani sulle sue spalle e lo guardai negli occhi.

I capelli biondi, gli occhi color nocciola, la piccola arteria pulsante sulla tempia destra: non era lui il solo ad avere memorie.

Anch'io ne avevo e avrei potuto ricordagli una manciata di lentiggini che aveva sollevato, a suo tempo, molte discussioni, ma che ora non trovavo più!

In quel momento le figliolette di Thomas vennero correndo verso le sue ginocchia, strillando dalla gioia. Thomas, ridendo e scusandosi, si lasciò rapire immediatamente dai suoi affetti familiari e, mettendosi le due bambine sulle spalle, si mosse con aria di trionfo.

Capitolo nono

Raj era come scomparso, dissolto nel nulla.

Nessun indizio, nessuna telefonata, niente che potesse ricollegarmi a lui. Era svanito.

Avevo tentato tutte le strade: i suoi telefoni personali, i recapiti indiretti, le lettere indirizzate alla sua dimora.

Un silenzio agghiacciante, significativo.

Mi dicevo: «Julie mi aveva messa in guardia. Non fidarti degli uomini. Sono delusioni cocenti».

E così si stava avverando. Pensavo alla natura degli uomini orientali, portati alla passione, alle facili infatuazioni, all'esaltazione dei sensi. E, con la stessa facilità, al disincanto, al riacquisto della lucidità e del proprio controllo.

Il mio struggimento era forte, il dolore continuo, senza tregua.

Non volevo e non potevo rinunciare a lui, ora che finalmente avevo incontrato l'uomo della mia vita.

Ma, pur nella più cupa disperazione, sentivo una voce interna che mi aiutava a sperare, a non perdere la fiducia. Mi tornavano alla mente le parole della vecchia indovina, a Calcutta: «È entrato un uomo nella tua vita ma tu ancora non lo sai… Tu devi superare un grosso ostacolo per poter arrivare a lui. Sento … sento un pericolo… lui sarà in pericolo».

E le parole di Tahar: «La seconda parte della tua vita sta per realizzarsi in maniera splendida, direi immortale, ma ci sono grosse nubi ed enormi pericoli da superare. Ma ascolta il tuo cuore, ti dirà sempre la strada da seguire. E sarà quella giusta. Il cuore non mente mai. Segui il tuo pensiero e lo troverai».

Tahar non poteva essersi sbagliato. Lo sentivo.

Ero certa, quindi, lo avrei trovato al sessantesimo giorno del mio ritorno a Londra, così come d'accordo: lì, sul parapetto lungo il fiume. Non mancava tanto. I giorni sarebbero passati, anche se l'attesa diventava, giorno dopo giorno, dura e difficile.

Ma ecco, il sessantesimo giorno è arrivato, il nove settembre, il mio compleanno. Mi preparai fisicamente e spiritualmente, Molly mi era vicina, aveva condiviso la notte in bianco con me: «Va, ora, e sii felice» mi disse.

Arrivai ansimando, col cuore in gola, era una serata nebbiosa, la visibilità non era chiara, non distinguevo molto, mi avvicinavo sempre di più. Il parapetto era libero. Non c'era anima viva. Me ne ritornai più triste che mai. Era finita. Era inutile sperare. Diventavo ridicola.

Eppure continuavo a non arrendermi.

Presi a recarmi ogni sera sul fiume alle sette. Talora, anche di giorno.

Di lui nessuna traccia. Fissavo l'acqua. Quel luogo, a me molto familiare, sembrava rilassarmi. I rami verdi dei salici piangenti filtravano la luce brillante del sole al tramonto sulla superficie dell'acqua. Guardando il fiume, vedevo riflessi gli alberi, il cielo, i raggi del sole e, al tempo stesso, scorgevo i ciottoli sul fondo.

Facevo lunghe passeggiate ogni giorno. Partivo da Belgravia sino a Chelsea, uno dei più pittoreschi quartieri residenziali della capitale, dove avevo casa, e che è la residenza di personaggi del mondo delle lettere e delle arti. Giungevo a Sloane Square, attraversavo Sloane Street, piena di palazzi dell'epoca vittoriana in mattoni rossi, per giungere lungo la riva del Tamigi, passando davanti a tutti i ponti di Londra e a suggestivi bar.

Ne avevo trovato uno che mi piaceva e ci andavo tutti i giorni a prendere il caffè con il mio diario e poi ad ascoltare il fiume.

Continuo a non arrendermi.

Sento le parole di Tahar, sento che lui mi è vicino.

«Le persone, Chriss, le vediamo solo una volta, la prima volta che le guardiamo. Quella è per sempre. Dopo non le vediamo, né le guardiamo più. Diventano invisibili per noi. Cerca di capire cosa voglio dire e tutto ti sarà chiaro. Devi lottare, devi essere tenace, non devi mollare mai. Il destino vuole metterti dinanzi a un'ultima prova».

Continuai ancora tutte le sere a recarmi sul posto dell'incontro, finché una sera, l'ottantesima, arrivai puntuale alle sette.

Lui era lì. Lo scorsi ancora da lontano. Stava, come sulla nave, con i gomiti sul parapetto del lungo fiume, e, come allora non udì i miei passi quando mi avvicinai.

Sì, era proprio lui. Bello come un dio.

All'inizio non ci furono parole. Raj posò una mano sui miei capelli e sospirò: «Ah! A me sembra ancora incredibile. Dio ci ha esauditi».

Raj parlava, parlava ... e le parole che diceva mi servivano per misurare il vivente silenzio della notte, che è il silenzio stesso di Dio. C'eravamo seduti sul parapetto. Sentivamo l'acqua scorrere tra i sassi, nel punto in cui mi toglievo le scarpe con Thomas, quando eravamo bambini. Una notte così mi rivelava il solo volto del mondo che penetrava a fondo nel mio cuore.

La luna era scomparsa e quel buio cielo sfavillante e palpitante era sopra di noi, si udivano il frusciare delle foglie e i latrati dei cani, mentre le nostre due ombre si specchiavano nell'acqua, si allungavano, talvolta si congiungevano e sembravano obbedire a una legge oscura, come se noi due formassimo da soli una delle costellazioni di quella notte.

Le due bocche ora si separarono, ma i nostri corpi non si mossero.

«Quanti esseri periscono sotto il carico immane della croce che si sono addossati» iniziò Raj, «ma la nostra sventura, il fardello che ci siamo caricati è ormai acqua passata. Con quale implacabile volontà sei riuscita a superare ogni ostacolo!»

Distaccati dal mondo, rimanemmo là sul parapetto, come se avessimo dato appuntamento a qualcuno.

Poi, lentamente, ci avviammo lungo il viale.

Sì, la notte era bella. La ghiaia bianca del viale scricchiolava sotto il palpito ardente del cielo. Un alito calmo sfiorava le foglie sopra la nostra testa, come se la notte avesse avuto un respiro.

Nessuno. L'erba era ancora schiacciata nel punto del nostro incontro. Eravamo strettamente uniti l'uno all'altro, ritrovammo un accordo profondo con le piante e con gli astri, con l'Essere increato e con i loro progenitori addormentati.

Ho buoni motivi per pensare d'essere venuta al mondo proprio a tale scopo, che tutto ciò che si determina in noi con evidenza irresistibile sia voluto da Dio.

E Raj prese a raccontarmi del grande pericolo corso, motivo per il quale io non ero riuscita in nessun modo a mettermi in contatto con lui.

Il fratellastro Omar aveva tentato giorno dopo giorno di avvelenare il padre, il Re Alì, somministrandogli piccole ma continue dosi di veleno per spodestarlo e impossessarsi del suo denaro, avendo dissipato il suo patrimonio in orge e divertimenti.

E perché il suo piano potesse realizzarsi, mi aveva fatto tendere un agguato. Karim, il mio fedele scudiero, riuscì a fuggire, ma ritornò il giorno successivo per liberarmi con l'aiuto di due servitori. Nella sparatoria che seguì, Karim rimase ucciso.

Io riuscii a fuggire in jeep con i due amici ma, a un certo punto, dovetti lasciare la macchina, colpita alle ruote, e proseguire la mia fuga lungo il deserto.

«Ricordo» proseguì Raj «che il sole mi accecò, e caddi a terra. Due cammellieri che attraversavano il deserto mi videro e mi soccorsero».

La luna era alta e gialla, piena nel cielo blu della notte e illuminava la sabbia del deserto. In una tenda su un vassoio di rame, poggiato su un tavolino di legno intarsiato, il cammelliere stava versando tè profumato in tazzine di porcellana, producendo un suono gradevole. In lontananza giunse una sottile musica, i falò accesi illuminavano la vasta distesa del deserto. Una mano porse la tazzina a Raj. L'uomo è vestito di bianco con un gran turbante bianco intorno al capo. Raj, invece, ha il capo avvolto da un turbante blu notte.

«I nostri cavalli sono forti, non temono il deserto» disse lo sceicco. «Di notte la luna illumina la strada e di giorno il sole non li affatica. Se parti subito per Yaipur, sarai là per domattina. Ho fatto preparare dell'acqua, ne avrai bisogno. Che Allah ti accompagni».

«Il calore e la forza del tuo spirito» risposi, «mi portano alla mente mio padre. Un giorno spero di ripagare la tua generosità, sceicco».

«Ciò che vogliamo è che tu ritorni più spesso qui da noi. Aspettiamo la tua risposta, Raj. Promettilo».

Sorseggiando lentamente il tè, riflettetti. Poi, dopo un lungo e tenero abbraccio promettente, montai su un poderoso cavallo e, chiuso in un ampio mantello, galoppai forte lungo il deserto.

Le dune si dispiegavano come tanti contrafforti e si spianavano al mio sopraggiungere per portarmi là dove avrei inflitto una severa pena a Omar, al fine di salvare mio padre da una sicura morte.

Durante il percorso, ricordavo le parole dello sceicco: «Che Allah ti preservi, Raj, e ti accompagni con la sua benedizione lungo il tuo viaggio. A te ora il compito di proseguire lungo la via di tuo padre e di sostenere le tradizioni della tua gente».

«Ho fatto sempre quello che ha voluto mio padre, Christine, e lui quello che voleva il suo. È la nostra tradizione» proseguì Raj «la mia vita è stata tutta... non ho mai scelto... non ho mai potuto veramente scegliere, finché non ho incontrato te! Ma come posso lasciare mio padre solo, in balìa di nemici, pronti a spodestarlo, e al mio fratellastro, che ha fatto di tutto per rubargli il potere e il denaro? Sarò costretto a ritornare spesso a Jaipur!»

«Ma ora sto guardando quello che voglio» disse, fissandomi con occhi intensi.

Prima di progettare le nostre nozze, ci concedemmo un viaggio in alcune città italiane, tra cui Venezia, che Raj non aveva mai visitato.

È una giornata splendida e la prua della barca scivola leggera sull'acqua, alzando piccole onde che subito si ricompongono.

Pochi metri più in là, scorgiamo una lingua di terra orlata di una vegetazione simile a mangrovie, dove cento pellicani passeggiano tronfi, gli occhi che saettano intorno a scrutare un'acqua di un blu con tutte le sfumature, dall'azzurro all'acqua marina, dal turchese al cobalto. Ma è anche verde, un verde smeraldo che sembra farsi a tratti più leggero, fino a sfumare in un bianco abbagliante.

O invece rossa, del rosso ocra delle lagune, che sfuma nel rosa tenue delle spiagge. La luce è cruda, ferisce gli occhi e riempie il cuore, una luce arrogante, eterna. Questa è Venezia.

Siamo noi due soli, io e Raj. Siamo nella città più suggestiva del mondo, sospesa su uno specchio d'acqua che riflette chiese, palazzi e campanili e che con un gioco di sfumature li rende infiniti.

Perdersi in quell'inestricabile, magico dedalo di isole, sentire il soffio forte del vento che si spegne contro le balze e scende ad accarezzare mite la laguna di acqua verde e blu, è un sogno unico.

Attraversiamo con una barca a vela i silenzi di queste isole, che mal sopportano l'insulto di un motore. E remando lungo di esse e guardando lungo i banchi di sabbia, ne respiriamo l'aria particolare, entrando in un rapporto di intima familiarità. Imparammo in quegli otto giorni a conoscere Tiziano e Veronese meglio che su quella barca con la sua vela bruna e dorata, che non all'accademia e al Palazzo Ducale.

Apprezzammo così tanto Venezia che cessò di essere un mistero inquietante e diventò una città bellissima, che ci apparteneva. Una laguna magica, dove ad affascinarci fu, soprattutto, il gioco iridescente che tremula come un alito delicato anche sulla minima increspatura dell'acqua, creando i colori. Niente ebbe ad affascinarci di più quanto i colori di questa stupenda laguna veneziana, a cui, come diceva Thomas Mann «non ci si doveva avvicinare in nessun altro modo, se non in barca».

Questo lo stavamo facendo Raj e io.

Per potere così apprezzare il grigio perla delle valli da pesca, il rosso ruggine delle vele delle vecchie barche, il giallo delle canne che vibrano al vento. Percorrendo la laguna, giungemmo a Sant'Erasmo, l'isola degli orti, a San Francesco del deserto col suo convento di frati isolati dal mondo. A Murano, scegliemmo lampadari da sogno, fatti del vetro più bello e più prezioso al mondo. Così prezioso che Hermann Hesse scriveva: «Questo straordinario specchio d'acqua offre tonalità e sfumature così iridescenti che l'arte vetraria veneziana lascia pensare che sia da ricollegare, come la pittura, all'influenza della laguna».

E, infine visitammo Burano, dove Raj volle acquistare per me splendidi pizzi e merletti, da sempre amati da regine e baronesse. L'incanto italiano è finito. Ma solo per ora. Ci ritorneremo a Venezia. Fu la promessa di Raj.

Capitolo decimo

Ci sposammo. E abbiamo vissuto anni di felicità.

La nostra intesa sensuale e spirituale è toccante. Lui mi è stato vicino con un amore incondizionato e una lealtà assoluta, e sa che lo sono anch'io. Mi colpisce l'attenzione con cui mi ascolta, cogliendo tutte le mie sfumature emotive, notando quelle piccole cose marginali che solitamente gli uomini ignorano. Forse perché il suo occhio magico, dietro la macchina da presa, osserva ogni particolare della vita ed è pronto a fermarla, a fissarla per sempre dietro.

Così scopre il mondo: la vita con le sue allegrie e i suoi travolgimenti, e la morte con il suo lutto.

«Ogni mio scatto fotografico» suole dirmi «è la storia di uno sguardo, non solo il prodotto degli occhi, ma anche degli affetti, dalla cultura».

E quindi si perde nel mondo che fotografa.

«Solo così l'opera che costruisco» dice Raj «ci appartiene, diventa interamente nostra. Un regista o un attore che nell'opera insista a consegnare alla nostra ammirazione un intatto se stesso non è niente. Perché se si vuole dare vita a un personaggio, bisogna perdersi in esso, fino al punto di diventare del tutto irriconoscibili, altro da noi».

Questo è Raj. Un maestro dell'obiettivo, un artista perso dietro le sfumature del mondo che riproduce, un uomo che sa capirmi fino in fondo.

Poi capitò che Raj dovette fare ritorno a Jaipur per aiutare il padre negli affari di governo, dunque per bloccare i nuovi tentativi di Omar di rovesciare, come nel passato, il principe Alì.

Ricordo i primi giorni della sua partenza che il tempo era freddo e uggioso, e dalle mie finestre vedevo la baia lontana e i giardini ancora spogli.

Mi sentivo abbastanza serena e, tuttavia, stranamente vuota, poiché riesce difficile trovarsi nuovamente soli dopo dodici anni trascorsi in compagnia della persona amata. Avevo condiviso il suo lavoro di produttore e regista, avevo condiviso le sue sfortune familiari, i suoi successi, i suoi stati d'animo da me tanto amati e compresi, la sua improvvisa sgorgante tenerezza, così inattesa, così calda, che lo trasformava in un attimo da guerriero del deserto in disarmato amante. Quando stavo con lui le giornate erano piene e interessanti: ora ero rimasta sola nella grigia freddezza di dicembre. A colazione dovevano accendere i candelabri e, per una breve passeggiata sul viale, dovevo avvolgermi in un mantello. La fine dell'anno, che era sempre stata per me triste, era adesso divenuta un periodo di dolorosa apprensione.

«Verrò più avanti» mi ripetè al telefono «e insieme saluteremo l'anno nuovo nella nostra stanza».

«Per una donna come te, che ha conosciuto tremendi pericoli e dolori» dice mio padre, tenendomi stretta a sé «la monotonia può essere una cosa piacevole!»

In effetti era riposante dopo tanti peregrinaggi avere,

infine, una casa e dividerla con le persone che amavo, anche se, ognuna di esse, poi ritornava alla sua casa.

Il paesaggio fuori Londra è stupendo, ma è anche un po' triste, quando nella quiete delle sere di tarda estate, il sole tramonta e la luna non si vede ancora.

Il crepuscolo arriva lentamente, mentre con passo sicuro una volpe sbuca dagli alberi nel parco, si ferma a guardarmi con le orecchie tese, poi, arriccia la coda e sparisce.

Un altro giorno è trascorso.

«Sì, papà» rispondo «la monotonia può essere riposante, se non è troppa».

E mentre mi spazzolo i capelli per la notte, penso che sono felice. Un anno è venuto e un altro se n'è andato. Raj non c'è ancora, ma lo so, tornerà presto. Me lo assicura. Sono sola, è vero. Ma questo è stato il mio destino dall'età di dieci anni. E la solitudine ha i suoi compensi.

Meglio vivere entro se stessi, da soli, che nell'ansia costante che possa accadere qualcosa di terribile o pericolosa a Raj.

E mentre rifletto su queste cose con un ricciolo in mano, vedo il viso tondo del piccolo Richard, guardarmi dallo specchio con aria furba e sorridente.

«Mamma, guarda che bel passerotto ho trovato fuori!»

E mi abbraccia, mostrandomelo.

E in quel momento il passerotto non è per me un semplice uccellino morbido e bisognoso di affetto, ma il simbolo della speranza e di tutte le piccole cose belle, delle piccole felicità che la vita ci elargisce.

Capitolo undicesimo

E ora, mia cara Lizzie, dopo un intervento di restauro durato quasi due anni, abbiamo finalmente una casa, come ho sempre sognato: un cottage di campagna, come ti dicevo, a due passi da Londra. Un rifugio romantico dal sapore inglese.

Un diario della memoria da sfogliare con calma.

Stanza per stanza. Raccogliendo nei dettagli tutte le possibili tracce sedimentate nel passato. Dettagli che ho voluto conservare, enfatizzare con la stessa attenzione che si può riservare a un affresco.

Già da lontano, tra il verde fiorito e intenso della vegetazione inglese, se ne scorge la sagoma ritagliata nella natura, appoggiata su una struttura in pannelli di legno al naturale, tagliati da porte e finestre all'inglese con i classici riquadri in bianco che danno un'idea di ordine e di romanticismo. Una grande veranda ne chiude il alto ovest. Mentre lunghi porticati in cotto si affacciano su un giardino selvatico e rigoglioso.

Nella scelta dell'arredo, abbiamo seguito le regole dell'India misteriosa e salvifica, che suggerisce l'armonia invece dello squilibrio, l'amore invece della paura, dando importanza all'aura vitale e ai *chakra*, i sette centri energetici, secondo la medicina *ayurvedica*.

Il suo effetto è decisamente positivo e così ci divertiamo, Raj e io, mentre il vento soffia anche nell'arredo. Canti delle balene, stormire di foglie, mormorio d'acqua che scorre, ci rallegrano.

Armonie musicali, i cui orchestrali sono il vento, i salici, i fiumi, gli uccelli, cioè la natura, suoni che favoriscono il libero fluire delle emozioni.

Gli animali fanno sembrare il cottage quasi settecentesco, consacrandolo come una tra le più antiche dimore.

Sono forte di un sogno: vivere un luogo romantico tra particolari che conservino intatta la memoria del passato.

Nulla in questa casa risulta artificiale o manierato.

Ma, soprattutto, nulla di ciò che già c'era è stato tolto.

Con raffinata dovizia al suo interno, Raj ha raccolto ogni traccia del tempo trascorso. Perché, egli dice, non si può scegliere di vivere in un cottage d'altri tempi senza rispettarne la storia.

E la storia di una casa la si può leggere solo attraverso le orme depositate dai giorni, dai mesi, dagli anni.

Le stanze diventano così luoghi da scoprire in punta di piedi, investigando tra la polvere in cerca di dettagli.

Come, per esempio, una balza fiorita per il baldacchino della stanza da letto, un damasco vecchia maniera per poltrone e divani, una fiandra candida per un tavolo da pranzo con porcellane inglesi. In questa splendida dimora Raj e io abbiamo cercato di dare spazio alle cose più autentiche, nel tentativo di rispettare e accentuare il sentimento che si nasconde in tutti quei dettagli che rischiano di scomparire dopo un intervento di ripristino. E a spingerci verso questa scelta è stata la scoperta del piacere per ciò che è stato: la poesia di vecchi legni delabrée, ad esempio, che ricordano nelle loro tonalità morbide, la pittura Ottocento. Il tutto nel sogno di una sorta di intimismo di taglio romantico. Qualcosa che trova forza proprio nel tempo. Un modo di sentire. Un modo di vivere, di conservare un'atmosfera.

«In quest'angolo di paradiso, sei diventata una splendida amazzone delicata e sensibile» mi dice Raj «in modo direttamente proporzionale alla tua bellezza!»

Viviamo da otto anni tra le dune, le distese d'acqua, i ciuffi d'erba sparsi e piegati dal vento fino al limitare dell'orizzonte.

Questa vita mi concede anche i ritmi lenti, il contatto con la natura, l'assenza di rumori, lussi di oggi che abbiamo scelto un po' per caso, un po' per volontà, dopo aver detto addio a una vita "anteriore" difficile, segnata da drammi e rapporti risolti tardivamente. Il "prima" e il "dopo" della mia vita ricorrono come costanti. Qui per me è lido, approdo, realtà pacificata, coscienza di un benessere raggiunto immergendomi nella natura, al fianco di un uomo, nella pienezza dei miei quarant'anni.

Vivere in mezzo ai cavalli, agli animali e al verde mi trasmette un certo equilibrio, mi dà la serenità che non avevo prima e che ha sciolto la mia incomunicabilità.

Spesso prendo il mio cavallo e vado a fare una lunga passeggiata nei viali. Posso stare fuori delle ore.

Quindi aiuto Raj nel suo lavoro e in alcuni periodi dell'anno insegno equitazione e recitazione. Mi sento un po' selvaggia, ma è una vita sana.

Qui viviamo a modo nostro. Tra gli uccelli, il silenzio, la natura.

Amo l'India, il paese che ho scoperto a fianco del mio uomo e che ha cambiato tutta la mia vita. Mi piace l'odore dell'India: si posa sul corpo e ti penetra l'anima in un'eterna nostalgia. A fine settimana il cottage si riempie di voci, di grida giulive, di giochi svariati. Arrivano i miei genitori, gli amici, i figli di Thomas, i figli di Molly, di Jennifer, e tra poco anche… il nostro secondo bambino.

Credo che prima di andare in paradiso ci sia bisogno di vivere l'inferno, di passare dal purgatorio per acquisire una sapienza e imparare a dare quanto di bello ci sia nella vita.

Mia cara Elizabeth,

ecco tutta la mia vita racchiusa in un libro.

Brividi percorrono la mia schiena a rileggerlo.

Sono proprio io, mi chiedo, la protagonista di questa intricata, misteriosa e avventurosa vicenda?

Una signora ha fatto ricamare sul suo abito da sposa il motto in latino che dice: «*Ex adversitatibus felicitas crescit*», la felicità nasce dalle avversità.

Si esce, infatti, migliori e più forti da un grande dolore, perché pare che per progredire in questo mondo si debba attraversare la prova del fuoco.

Rievocare tutte le sofferenze fisiche e morali che ho attraversato negli anni della mia adolescenza, in cui la vita mi sembrava finita, provoca una grande amarezza, che sarebbe meglio aver dimenticato.

Ma la vita è fatta anche di rievocazioni, specialmente quando vengono superati da un destino finalmente portatore di felicità. E se oggi sono una donna che sa amare, che sa vivere l'amore in tutte le sue sfumature ed espressioni, devo tutto a quell'incontro. Alla sofferenza, alla grande rinuncia dell'infanzia e dell'adolescenza, devo ora la mia capacità di cogliere al volo ogni occasione di felicità.

E il primo pensiero di gratitudine va all'India, questa terra ricca di mistero, di fascino, del desiderio di scoprirla.

E i tramonti? Puoi vederne a migliaia in ogni angolo della terra e sempre sentirai una correrte lungo la schiena, quel sottile brivido di apprensione, quel vago senso di sgomento che da sempre l'uomo avverte quando cala la notte. Ma i tramonti indiani hanno qualcosa di diverso, qualcosa in più. Perché portano con sé l'esagerata magnificenza dei tropici, tutta l'arroganza di una natura che l'uomo non è mai riuscito a piegare.

E allora il tramonto indiano è un rito che si consuma in silenzio, ogni sera, un rito primitivo, selvaggio.

L'India, mia Lizzie, è per meditare, per sognare, un dialogo con se stessi. Ma accostarsi realmente all'India misteriosa non è impresa facile. Il mito di questa terra, come laboratorio segreto di religioni, preludio di un totale rinnovamento dell'anima e del corpo, paese del mitico esotico che mantiene il fascino del diverso in un mondo che tende progressivamente a massificarsi: questa è stata per me l'India. Un modo per trovare nuova linfa e ispirazione.

Assaporare il momento in cui vivere situazioni per la prima volta è straordinario, e sono convinta che, come dice Milan Kundera, e così come mi è accaduto «i primi dieci minuti fra un uomo e una donna sono decisivi per fare nascere un amore».

Vedere qualcosa o qualcuno per la prima volta è come sentirsi nudi davanti all'ignoto.

Per me l'India significava incanto, magia, turbinio di ricordi.

Ho ancora vive in me immagini, suggestioni.

La folla di bambini dagli immensi occhi di velluto.

Povertà ovunque, ma anche fiori e canti, le danze vorticose al ritmo assordante. E poi l'incantevole palazzo del Maraja, il padre di Raj, a Jaipur, da dove attraverso canali pieni di ninfee, si raggiungono luoghi incantevoli. È un'impressione magica: sembra di navigare su prati fioriti.

E ho ritrovato Dio. In una ricerca infinita. Nel lungo cammino dell'esistenza è necessario scavare in se stessi, ascoltando la propria voce interiore, le pulsioni dell'anima. E ho capito che, lo diceva il guru, l'amore se fosse venuto, mi avrebbe coinvolta al di là di ciò che avrei potuto dare in assoluto, io che sono attratta dalla totale purezza di una fede esclusiva, sapendo che Dio c'è ma che questa certezza non basta a indicarci il cammino, a sottrarci dal dubbio.

«La fede» diceva il guru «quella vera che illumina i sentieri della vita è un dono che, tuttavia, non diminuisce la responsabilità e neppure risolve ogni umana certezza».

Di Dio c'è bisogno, ma per trovarlo, ciascuno deve trovarlo da sé, nel proprio animo, cercare la forza di credere, anche di non credere, se ha deciso così.

La tua Christine.

Indice

Questa parte di albero
è diventata libro
sotto i moderni torchi
di Grafica Veneta, Trebaseleghe (PD)
nel mese di ottobre 2009.
Possa un giorno
dopo aver compiuto il suo ciclo
presso gli uomini desiderosi di conoscenza
ritornare alla terra
e diventare nuovo albero.